प्लेटफॉर्म संख्या 5

अधूरी मोहब्बत की प्रेम कहानी

रोहित कुमार

Made with ♥ on the Notion Press Platform
www.notionpress.com

यह पुस्तक मेरे पूज्य पिता, स्वर्गीय प्रदीप सिंह जी को सादर समर्पित है,
जिनकी शिक्षा और आशीर्वाद मेरे जीवन की नींव हैं।

क्रम-सूची

प्रस्तावना

यह किताब लिखना मेरे लिए एक इम्तिहान जैसा रहा। हर पंक्ति के साथ कोई याद, कोई दर्द फिर से सामने आ जाता था। कई बार कलम रुक गई, लेकिन दिल ने कहा—यह कहानी लिखी जानी चाहिए।

यह किताब किसी कल्पना की उपज नहीं है, बल्कि सच्ची ज़िंदगी की कहानी है। राहुल और अंजलि की यह कहानी उन हालातों की गवाह है, जहाँ प्यार आसान नहीं होता, बल्कि हर कदम पर इम्तिहान लेता है।

यह कहानी को लिखने का उद्देश्य किसी को दोषी ठहराना नहीं है—यहाँ सिर्फ हालात हैं, समाज है और ज़िम्मेदारियाँ हैं, जो कई बार प्यार से भी भारी पड़ जाती हैं।

इस पुस्तक में वर्णित घटनाएँ वास्तविक हैं। गोपनीयता बनाए रखने के लिए कुछ नाम और परिस्थितियों को बदला गया है, लेकिन भावनाएँ और संघर्ष वही हैं जो सच में जिए गए हैं।

अगर यह कहानी किसी पाठक को अपनी ज़िंदगी की झलक दिखा पाए, किसी को हिम्मत दे पाए या किसी टूटे दिल को यह एहसास दिला सके कि वह अकेला नहीं है—तो इस किताब का उद्देश्य पूरा हो जाएगा।

- रोहित कुमार

तमन्ना है कि रूह जिस्म छोड़े भी तो तब, जब तुम्हारा कदम मेरे शहर में हो,
मेरा जनाज़ा गुज़रे तुम्हारी नज़रों के सामने से और तुम वहीं मंज़र में हो,
बस एक बार उन आँखों में मेरे नाम की बरसात आए...
ताकि मेरी मौत को भी अपनी मोहब्बत पर नाज़ आए।

- रोहित कुमार

भाग 1

उस रात राहुल की आँखें बार-बार खुलतीं और फिर बंद हो जाती थीं। वर्षा की ठंडी बूँदें जब उसकी आँखों पर गिरतीं, तो वह कुछ क्षणों के लिए होश में आता, लेकिन फिर बेहोशी उसे अपनी आगोश में ले लेती। अचानक उसे दो लड़कियों की साइकिल की 'खट-खट' आवाज़ सुनाई दी। वह पूर्णिमा की रात थी; आसमान में चंद्रमा की एक अलग ही चमक थी, पर साथ ही वर्षा भी उतनी ही तेज़ हो रही थी।

दर्द की शिद्दत के कारण राहुल के मुँह से शब्द नहीं निकल पा रहे थे। जैसे-जैसे वे दोनों लड़कियाँ उसके नज़दीक आ रही थीं, उसे बचने की एक हल्की उम्मीद दिखने लगी। उसने बोलने की बहुत कोशिश की, पर आवाज़ ने उसका साथ नहीं दिया। अंधेरा इतना घना था कि उन लड़कियों की नज़र राहुल पर नहीं पड़ रही थी। जब बिजली चमकती, तो लगता कि शायद वे उसे देख पाएँगी, लेकिन बिजली कड़कने पर वे लड़कियाँ डर के मारे अपना छाता और नीचे कर लेतीं और खुद को छिपाने की कोशिश करने लगतीं।

तभी अचानक ट्रेन की तेज़ रोशनी राहुल पर पड़ी। वह दोनों पटरियों के बीच असहाय पड़ा हुआ था। उसमें इतनी हिम्मत नहीं थी कि वह खुद को बचा पाता। भला हो उन लड़कियों का, जिन्होंने

समय रहते दौड़कर उसे खींचा और पटरियों के बीच से सुरक्षित बाहर निकाला। बस कुछ ही पलों का अंतर था कि ट्रेन 'छुक-छुक' करती हुई उसके कानों के पास से गुज़र गई।

ट्रेन के गुज़रते ही उन लड़कियों के सब्र का बाँध टूट गया। एक लड़की चिल्लाई, "पागल हो गए हो क्या? ज़रा सी देर और होती तो तुम्हारी लाश के टुकड़े भी नहीं मिलते!"

दूसरी लड़की ने उसे झकझोरते हुए गुस्से में कहा, "जब मरना ही था तो क्या हमारे यहाँ आने का इंतज़ार कर रहे थे? हम पर क्या बीतती अगर तुम्हें कुछ हो जाता? जवाब क्यों नहीं दे रहे? अब बोल क्यों नहीं रहे हो!"

राहुल की आँखों में आँसू थे, पर शरीर में जान नहीं। वह मन ही मन सोच रहा था कि काश वह बता पाता कि वह कोई सुसाइड करने नहीं आया था, बल्कि उसे गोली लगी है और उसकी पीठ में चाकू घोंपा गया है। इसी बीच, दर्द के बोझ से वह फिर से बेहोश हो गया।

जब राहुल की आँख खुली, तो ऊपर पंखा धीमी गति से चल रहा था। पास ही एक नर्स सलाइन (ड्रिप) की बोतल को कम-ज़्यादा कर रही थी। सामने वे दोनों लड़कियाँ खड़ी थीं, जिनकी वजह से वह आज जीवित था। उसे होश में आता देख वे फिर से बोलने लगीं।

उनमें से एक लड़की, जिसका नाम टीना था, तंज कसते हुए बोली— "अरे ओ साहब! तुम्हारी किस्मत अच्छी थी जो तुम आज बच गए, वरना आज तो लोग 'राम नाम सत्य है' बोलते हुए तुम्हारी अर्थी ले जा रहे होते। तुम्हें गोली लगी थी और तुम चैन से ट्रेन की पटरी पर लेटे हुए थे! शुक्र मनाओ मेरी दोस्त अदिति का,

जिसकी नज़र तुम पर पड़ गई और हमने वक्त रहते तुम्हें मौत के मुँह से खींच लिया।"

राहुल अभी कुछ भी बोलने की स्थिति में नहीं था। उन लड़कियों ने बताया कि वे कुछ लोगों की मदद से उसे अस्पताल लेकर आईं। यहाँ डॉक्टर 'पुलिस केस' का नाम लेकर इलाज करने में आनाकानी कर रहे थे। तब अदिति ने अपने बॉयफ्रेंड को फोन किया, जो पुलिस में था और उसी थाने में तैनात था। उसके हस्तक्षेप के बाद ही डॉक्टरों ने तुम्हारा इलाज शुरू किया।

टीना और अदिति की बातें सुनकर राहुल चुपचाप उनके चेहरों की तरफ देखता रहा। जब लड़कियों का बोलना बंद हुआ, तब राहुल ने कहा
"मेरी जान बचाने के लिए... आप दोनों का बहुत शुक्रिया।"
टीना ने उसकी आवाज़ सुनकर तुरंत सवाल दागा— "तुम्हारा नाम क्या है?"
राहुल ने धीरे से जवाब दिया— "राहुल।"
टीना ने फिर पूछा— "घर कहाँ है तुम्हारा?"
राहुल ने यहाँ सच छिपाना ही बेहतर समझा। उसने झूठ बोलते हुए बताया कि उसका घर उत्तर प्रदेश (UP) के बलिया में है। टीना को यह सुनकर हैरानी हुई, उसने फिर सवाल किया—
"अगर घर बलिया में है, तो फिर तुम यहाँ कटिहार कैसे पहुँच गए?"
राहुल ने थके हुए स्वर में बस इतना ही कहा
"मुझे कुछ नहीं पता कि मैं यहाँ कैसे आया हूँ।"

अभी राहुल और लड़कियों की बात चल ही रही थी कि कुछ ही देर में पुलिस की पूरी टीम अस्पताल पहुँच गई। कमरे का माहौल अचानक गंभीर हो गया और राहुल से सवाल-जवाब का सिलसिला शुरू हुआ। पुलिस का पहला सवाल सीधा और कड़क था— "तुम्हें गोली किसने मारी?"

राहुल ने बेबसी से कहा— "सर, मैंने उन लोगों को नहीं देखा। उन्होंने पीछे से मुझ पर हमला किया था।" जब पुलिस ने पूछा कि क्या उसे किसी पर शक है, तो राहुल ने साफ़ मना कर दिया। उसने कहानी सुनाते हुए बताया कि वह अपने ऑफिस जा रहा था, तभी अचानक चार लोग आए, उसे पीछे से पकड़ा, बोरी में बंद किया और गाड़ी के अंदर डाल दिया।

पुलिस अधिकारी ने नोटबुक में कुछ दर्ज करते हुए आगे पूछा— "कितने बजे तुम्हें किडनैप किया गया था और तुम्हारा ऑफिस कहाँ है?"

राहुल ने बताया— "सर, लगभग 2 दिन हो गए। दोपहर के 12 बज रहे थे, जब मैं ऑफिस जा रहा था। मेरा ऑफिस बलिया में रेलवे स्टेशन के ठीक बगल में है।"

जब पुलिस ने उसके परिवार के बारे में पूछा ताकि उन्हें इत्तिला दी जा सके, तो राहुल की आँखों में दर्द उभर आया। उसने लंबी सांस लेते हुए बताया— "सर, मैं यहाँ अकेला हूँ। मेरा पूरा परिवार कनाडा में रहता है।"

पुलिस को यकीन था कि हमला बिना किसी बड़ी वजह के नहीं हुआ होगा। उन्होंने ज़ोर देते हुए पूछा— "तुम्हें मारने के पीछे कोई तो बात होगी?"

राहुल ने तब भी सच नहीं बताया और एक और झूठ गढ़ दिया— "सर, मैं बैंक से 5 लाख रुपये निकालकर निकल रहा था। वे मेरे बॉस के पैसे थे। रास्ते में उन लोगों ने मुझे पकड़ लिया और वे पैसे भी छीन लिए। वे मेरा बैग भी ले गए जिसमें मेरा आधार कार्ड, पैन कार्ड और फोन था।"

हॉस्पिटल के उस कमरे में पुलिस की पूछताछ और गहन हो गई। पुलिस के मन में अभी भी कई सवाल थे। जब राहुल ने बताया कि उसका कोई भी पहचान पत्र उसके पास नहीं है और उसे अपने बॉस का नंबर भी याद नहीं है, तो पुलिस वालों ने आपस में कानाफूसी शुरू कर दी।

एक पुलिस अधिकारी ने संदेह जताते हुए धीरे से कहा—
"शायद पैसा छीनने के मकसद से ही उन लोगों ने इसे किडनैप किया होगा और मारकर यहाँ फेंक दिया होगा।"

पुलिस आपस में कानाफूसी कर रही थी। एक अधिकारी ने नक्शे का अंदाज़ा लगाते हुए कहा, "बलिया से कटिहार की दूरी लगभग 400 किमी है। इतना लंबा सफर!" फिर उसने टीना की ओर मुड़कर पूछा, "तुम दोनों को यह शख्स ट्रैक पर कितने बजे मिला?"

टीना: "सर, यही करीब रात के 11 बज रहे थे।"
पुलिस: "इतनी रात को तुम दोनों कहाँ से आ रही थीं?"
टीना: "हम एक दोस्त की बर्थडे पार्टी से लौट रहे थे, उसी के घर से आ रहे थे।"
पुलिस: "लेकिन तुम लोग रेलवे ट्रैक के रास्ते क्यों जा रही थीं?"
टीना: "सर, वह रास्ता हमारे घर के लिए शॉर्टकट पड़ता है।"

सभी से पूछताछ पूरी करने के बाद पुलिस अधिकारी राहुल के पास आया और सख्त लहजे में बोला, "जब तुम्हें डिस्चार्ज मिल जाएगा, तो सीधा पुलिस स्टेशन आना। कुछ डॉक्यूमेंट्स तैयार करके हमें बलिया पुलिस स्टेशन भी भेजने पड़ेंगे, ताकि कल को कोई कानूनी लफड़ा हो तो हम जवाब दे सकें। याद से आना, भूलना मत!" इतना कहकर पुलिस की टीम वहाँ से चली गई।

राहुल ने चैन की सांस ली। उसने पुलिस के हर सवाल का जो भी जवाब दिया था, वह सब कोरा झूठ था। वह एक के ऊपर एक झूठ बोले जा रहा था क्योंकि उसके मन में एक गहरा डर बैठा था—कहीं ये लोग तुरंत बलिया पुलिस को फोन न कर दें! हालांकि, वह मन ही मन यह भी जानता था कि पुलिस इतनी फुर्तीली नहीं होती और उनका काम बहुत धीरे चलता है।

पुलिस के जाने के कुछ देर बाद डॉक्टर कमरे में आए और राहुल की स्थिति देखते हुए बोले, "इन्हें आज शाम 5 बजे तक डिस्चार्ज कर दिया जाएगा।"

डॉक्टर के जाते ही टीना ने चिंता भरे स्वर में राहुल से पूछा, "डिस्चार्ज के बाद तुम कहाँ जाओगे? तुम्हारे घर में तो कोई है नहीं, तो तुम्हारा ख्याल कौन रखेगा?"
राहुल: "मैं अपने घर ही जाऊँगा और कहाँ जा सकता हूँ।"
टीना: "लेकिन अगर उन गुंडों ने फिर से तुम पर हमला कर दिया तो?"
राहुल: "उन लोगों को सिर्फ पैसा चाहिए था, जो उन्हें मिल गया। अब वे भला मुझे क्यों मारेंगे?"

अस्पताल के कमरे में राहुल ने जब अपने घर जाने की बात कही, तो टीना और अदिति उसकी बातों से कतई संतुष्ट नहीं थीं ◦ दोनों एक साथ बोल पड़ीं, "नहीं! जब तक तुम पूरी तरह ठीक नहीं हो जाते, तुम हमारे साथ हमारे कमरे पर चलोगे। ठीक होने के बाद ही अपने घर जाना।"

राहुल को समझ आ गया था कि शायद वह उन दोनों के सामने बहुत लाचार दिख रहा है और उन्हें उस पर दया आ रही है। इसी वजह से वे उसे अकेला नहीं छोड़ना चाहती थीं। राहुल के पास विरोध करने की शक्ति नहीं थी, इसलिए उसने भी ज़्यादा मना

नहीं किया.

शाम होते ही डॉक्टर ने राहुल को डिस्चार्ज कर दिया◦ जाते समय उन्होंने कुछ दवाइयाँ दीं और हिदायत देते हुए कहा, "समय से दवा खाते रहना, जल्दी ठीक हो जाओगे।"

अस्पताल से बाहर निकलकर वे लोग टीना के कमरे की तरफ बढ़ ही रहे थे कि अचानक टीना को पुलिस की बात याद आई। उसने राहुल को टोकते हुए कहा, "हमें पुलिस स्टेशन भी तो जाना है!"

लेकिन राहुल अभी मानसिक और शारीरिक रूप से इस पूछताछ के लिए तैयार नहीं था। उसने धीमे स्वर में आग्रह किया, "आज नहीं, पहले मुझे थोड़ा ठीक हो लेने दो। दो-चार दिन बाद चलेंगे।" टीना ने उसकी जर्जर हालत देखते हुए सहमति में सिर हिलाया और बोली, "ठीक है।"

टीना ने अपने कमरे का दरवाज़ा खोला और राहुल को सहारा देकर अंदर ले गई। राहुल के शरीर में घाव का दर्द तो था ही, लेकिन उसके मन का घाव उससे भी कहीं अधिक गहरा था। टीना ने उसे सावधानी से बिस्तर पर लिटाया, जबकि अदिति रसोई में पानी गर्म करने चली गई।

राहुल ने भारी आँखों से उन दोनों की ओर देखा और भीगी आवाज़ में कहा— "शुक्रिया... सच में, आज के ज़माने में एक अजनबी के लिए इतना कोई नहीं करता। तुम दोनों अभी खुद इतनी कम उम्र की हो, फिर भी मुझ जैसे घायल इंसान की इतनी मदद की!"

तभी अदिति गर्म पानी का कटोरा लेकर कमरे में आई। वह थोड़ा मुस्कुराते हुए बोली— "ज़्यादा तारीफ करने की ज़रूरत नहीं है मिस्टर! तुम हमें शरीफ लगे और तुम्हारी हालत देखकर लगा कि

इंसानियत अभी ज़िंदा है, बस इसलिए तुम्हें यहाँ ले आए।"

अदिति ने फिर कहा– "अब चुप चाप दवाई खाओ और आराम करो।"
टीना ने पास बैठकर राहुल का सिर सहलाया और कहा
टीनाः "देखो राहुल, हमें आज अपनी एक सहेली की शादी में जाना है। हमने तुम्हारे लिए खाना ऑर्डर कर दिया है। और ये लो मेरा दूसरा फोन, अगर कोई इमरजेंसी हो तो तुरंत कॉल करना।"

वे दोनों लड़कियां तैयार होने लगीं। कमरे में इत्र की खुशबू महकने लगी, लेकिन राहुल के दिमाग में सिर्फ आज अंजलि की शादी थी। वही अंजलि जिससे उसने जिंदगी भर साथ निभाने के वादे किए थे। जैसे ही टीना और अदिति शादी के लिए निकलीं, राहुल के अंदर की बेचैनी बढ़ गई। उसने अपनी चोट की परवाह नहीं की, उसे बस एक आखिरी बार अंजलि को दुल्हन के जोड़े में देखना था। उसने एक काली चादर उठाई और अपने जख्मी हाथ को उसमें छिपा लिया ताकि किसी को शक न हो।

लड़खड़ाते कदमों से वह सड़क पर आया और एक ऑटो बुक करके सीधा सोनापुर की ओर निकल पड़ा। रास्ते भर उसकी आँखों के सामने वही पुराने पल घूम रहे थे और अब वह अपनी ही मोहब्बत को किसी और का होता देखने जा रहा था।

जब राहुल सोनापुर पहुँचा तो वहाँ बारात आ चुकी थी। बैंड-बाजे की आवाज़ राहुल के कानों में शोर की तरह चुभ रही थी। वह चादर में खुद को लपेटे हुए भीड़ के पीछे-पीछे चलने लगा। कुछ रस्में होने के बाद अंजलि स्टेज पर आई। लाल रंग के भारी जोड़े में वह किसी अप्सरा से कम नहीं लग रही थी। उसकी आँखों में काजल तो था, लेकिन वह चमक गायब थी जो कभी राहुल को देखकर आती थी। उसकी निगाहें भीड़ में किसी को ढूँढ रही थीं– शायद एक आखिरी

उम्मीद में कि राहुल आएगा और उसे इस बंधन से बचा लेगा।

राहुल का दिल किया कि दौड़कर स्टेज पर जाए, अंजलि का हाथ पकड़े और पूरी दुनिया से कह दे— "यह मेरी है!" लेकिन उसके पास अब कुछ नहीं था।

न ताकत, न अधिकार। वह बस एक पत्थर की मूरत बना उसे देखता रहा। जयमाला हुई, एक-दूसरे के गले में फूलों की माला डाली गई। पर जैसे ही वर ने अंजलि की माँग में सिंदूर भरा। उसे वह पल याद आ गया जब उसने अंजलि की माँग चार-दीवारी के अंदर भरी थी। राहुल की आँखों से आँसुओं का सैलाब बह निकला।

वहाँ कोई उसे पहचान ले, इससे पहले वह वहाँ से निकला। लेकिन जैसे ही वह मुड़ा, उसकी नज़र अंजलि के पिता से टकराई। सामने अंजलि के पिता राहुल को देखकर डर से सहम गए। पर राहुल दोनों हाथ जोड़कर वहाँ से निकल गया।

हर लड़के की शादी उस समय तय हो जाती है, जब उसके सिर के नाप का मौर (सेहरा) बाज़ार में बिकने लगता है।
लेकिन राहुल के सिर के नाप का सेहरा शायद सेहरा बनाने वालों ने बनाया ही नहीं।
शायद इसी वजह से राहुल की शादी अंजलि से नहीं हो पाई।

सात साल...इन सात सालों में राहुल ने न जाने कितनी बार अंजलि के घर के चक्कर लगाए होंगे।लेकिन अंजलि...वह राहुल की हो ही नहीं सकी।

और वीर को देखिए उसने तो महज़ सात हफ्तों में ही अंजलि को अपना बना लिया।
इसी को शायद तकदीर या नसीब कहते हैं।

अब वह उसी जगह पहुँचा जहाँ वरुण के गुंडों ने उसे गोली मारी थी। वहाँ झाड़ियों के पास उसे अपना आर्मी आई-कार्ड (Army I-Card), पर्स और बैग मिल गया। जब वह वापस टीना के कमरे पर लौटा, तो दरवाज़े पर टीना और अदिति खड़ी थीं, और उनकी तीखी नज़रें सीधे राहुल पर गड़ी थीं। राहुल का चेहरा एकदम सफेद पड़ गया। उसने धकधकाते हुए पूछा—

राहुल: "अरे! तुम लोग? इतनी जल्दी शादी से वापस आ गईं? तुम तो कल सुबह आने वाली थीं न?"
टीना ने अपनी बाहें सिकोड़ते हुए शक भरी नज़रों से उसे देखा और तुरंत सवाल दागा—
टीना: "हमारी छोड़ो, पहले तुम ये बताओ कि इतनी रात गए तुम कहाँ से आ रहे हो? और तुम्हारी सांस क्यों फूल रही है?"
राहुल ने एक गहरी सांस ली और मनगढ़ंत बहाना बनाते हुए बोला—
राहुल: "बस... नींद नहीं आ रही थी तो सामने वाले पार्क में बैठा सिगरेट पी रहा था। अभी कुछ देर पहले ही गया था।"

अदिति और टीना ने एक-दूसरे की तरफ देखा। हालाँकि राहुल की हालत देखकर उन्हें पूरी तरह यकीन नहीं हो रहा था, लेकिन चूँकि वे खुद भी कुछ देर पहले ही रूम पर लौटी थीं, इसलिए उन्होंने सोचा कि शायद राहुल सच कह रहा होगा।
टीना: "ठीक है, अब अंदर चलो।"
कमरे के अंदर जाते ही राहुल की धड़कनें और तेज़ हो गईं। उसने बड़ी होशियारी से चादर के नीचे छिपाया हुआ वह गीला बैग निकाला। बारिश की वजह से उसका पर्स पूरी तरह भीग चुका था और उसमें रखा आई-कार्ड (I-Card) भी गीला हो गया था। राहुल ने मौका पाकर बड़ी सफाई से पर्स और आई-कार्ड निकाला और उसे अलमारी के सबसे ऊपर, अंधेरे वाले कोने में सुखने के लिए

रख दिया।

टीना के कमरे में आती सुबह की वह गुनगुनी धूप तीनों के चेहरों पर पड़ रही थी। टीना अपनी MSC की किताबों के बीच मुस्कुरा रही थी और अदिति अपनी MBBS की पढ़ाई की थकान भूलकर आज मस्ती के मूड में थी। राहुल वहीं बैठा उन दोनों की बातें सुन रहा था। तीनों के बीच हँसी-मज़ाक का दौर चल रहा था कि अदिति ने अचानक राहुल की तरफ देख कर एक टेढ़ा सवाल दाग दिया।
अदितिः "वैसे राहुल, तुम्हारी कोई गर्लफ्रेंड नहीं है क्या?"
राहुल ने मुस्कुराकर कहा—
राहुलः "अरे यार अदिति, मुझ जैसे सीधे-साधे लड़के को भला कौन पसंद करेगा? प्यार-व्यार अपने बस की बात नहीं।"
राहुल की बात सुनकर अदिति ने टीना की तरफ देखा और फिर राहुल से बोली—
अदितिः "पता है राहुल, टीना भी तुम्हारी तरह ही सिंगल है। यह एक लड़के के लिए बहुत लॉयल थी, उसे पागलों की तरह चाहती थी। पर वह लड़का? निहायत ही लालची निकला। सिर्फ पैसों के चक्कर में और अपने माँ-बाप के कहने पर उसने किसी और से शादी कर ली। टीना का भरोसा उस दिन जो टूटा, तो आज तक इसने किसी को करीब नहीं आने दिया।"
टीना खामोश रही, उसकी आँखों में एक पल के लिए पुराना दर्द कौंधा, पर उसने तुरंत खुद को संभाल लिया। फिर अदिति ने अपनी लाइफ के बारे में बताया—
अदितिः "पर मैं बहुत लकी हूँ। मेरी शादी 6 महीने बाद होने वाली है। मैं अमर से प्यार करती हूँ, वही पुलिस वाला जो तुम्हारे इलाज से पहले गवाह बना था। अगर वह सही वक्त पर मदद न करता, तो तुम्हारा इलाज शुरू होना भी मुश्किल था।"

अभी तीनों बातें कर ही रहे थे कि अचानक टीना का फोन बज उठा। फोन पुलिस स्टेशन से था। इंस्पेक्टर साहब थोड़े सख्त लहजे

में पूछ रहे थे–

इंस्पेक्टर: "आप लोग राहुल को लेकर थाने क्यों नहीं आए? कल ही उसे डिस्चार्ज मिल गया था।"
टीना ने बड़े सलीके से बात संभाली और कहा–
टीना: "सर, हम लोग कल सुबह 9 बजे पक्का थाने पहुँच जाएंगे।"

फोन रखने के बाद कमरे का माहौल थोड़ा संजीदा और गंभीर हो गया। कुछ ही देर में अदिति का बॉयफ्रेंड अमर भी वहाँ आ गया। माहौल को हल्का करने के लिए चारों ताश (Cards) खेलने बैठ गए। अमर और अदिति अपनी बातों में मशगूल थे, लेकिन राहुल का ध्यान बार-बार टीना पर जा रहा था। या यूँ कहें कि टीना का पूरा ध्यान राहुल पर था। ताश की चालें चलते हुए राहुल महसूस कर रहा था कि टीना चोरी छिपे उसे देख रही थी।

सिर्फ दो दिन हुए थे राहुल को यहाँ आए, पर टीना की फिक्र और ख्याल रखने का तरीका बिल्कुल वैसा ही था जैसा अंजलि का हुआ करता था। राहुल की दवाइयों का वक्त याद रखना, उसके आराम का ध्यान देना—यह सब महज इत्तेफाक नहीं था। टीना की उन खामोश नज़रों में राहुल के लिए एक हमदर्दी थी, जो धीरे-धीरे शायद 'पसंद' में बदल रही थी।

शाम ढल चुकी थी और आसमान में हल्की उदासी घुल चुकी थी। अदिति अपने बॉयफ्रेंड अमर के साथ शॉपिंग के लिए निकल चुकी थी। राहुल कमरे के कोने में बैठा दीवार पर टंगी घड़ी को घूर रहा था। उसके मन में एक ही विचार चल रहा था– "अगर आज रात यहाँ से नहीं निकला, तो कल पुलिस स्टेशन जाना तय है।" राहुल ने अदिति और टीना के सामने कभी अपना दर्द ज़ाहिर नहीं होने दिया, मगर उसके मन में हर पल अंजलि की तस्वीरें घूमती रहती थीं।

तभी दरवाज़े पर हल्की सी आहट हुई।
राहुल: "अंदर आ जाओ।" (राहुल ने धीमी आवाज़ में कहा)
दरवाज़ा खुला और सामने टीना खड़ी थी। उसके हाथ में मैगी का कटोरा था।
टीना: "मैगी बनाई है, खाओगे?" (उसने बड़ी सादगी से पूछा)
राहुल ने हल्की मुस्कान के साथ सिर हिलाया और कहा—
राहुल: "हाँ, खा लूँगा।"
टीना वहीं बैठ गई। थोड़ी देर सामान्य बातें हुईं, उसके बाद टीना उठी और कमरे से बाहर चली गई। टीना के जाते ही राहुल झट से बिस्तर से उठा। उसने कोने में रखी अलमारी से अपना बैग निकाला। उसमें उसने अपना पर्स, आई-कार्ड और कागज़ जल्दी-जल्दी चेक किए और बैग को बिस्तर के नीचे छुपा दिया। आज रात वह यहाँ से भागने वाला था।

घड़ी में रात के दो बज चुके थे। धीरे-धीरे उसने दरवाज़ा खोला और दाएं-बाएं देखा। टीना और अदिति दोनों गहरी नींद में थीं। बिना कोई आवाज़ किए वह सीढ़ियों से उतरा और सीधे रेलवे स्टेशन की ओर चल पड़ा। सड़कें सुनसान थीं और उसकी परछाईं उसके साथ-साथ चल रही थी, जैसे उसकी गवाह हो।

स्टेशन पहुँचकर ठंडी हवा ने उसके चेहरे को छुआ। प्लेटफॉर्म की लाइटें जल रही थीं। तभी उसे फिर से प्लेटफॉर्म नंबर 5 याद आ गया। राहुल के कदम एक बार फिर उसी प्लेटफॉर्म नंबर 5 की तरफ बढ़ने लगे, जहाँ कभी उसने अंजलि के साथ बैठकर सपने बुने थे। वह उसी बेंच पर जाकर बैठ गया, आँखें बंद कीं और अंजलि को महसूस करने लगा।

तभी दिल्ली जाने वाली ट्रेन प्लेटफॉर्म पर आ लगी। बिना टिकट और बिना किसी योजना के वह जनरल कोच में चढ़ गया। वह कोच के एक कोने में बैठ गया, एक बूढ़े बाबा आकर उसके पास

बैठ गए। सफेद दाढ़ी और शांत चेहरा। बाबा ने उसकी ओर देखा और बहुत धीमी आवाज़ में बोले—

बाबा: "बेटा, दिल बहुत भारी लग रहा है तुम्हारा।"

राहुल की आँखें भर आईं। वह कुछ बोला नहीं, बस अपना सिर झुका लिया!

बाबा धीरे से उठे और अपने पास रखी एक केतारी (ईख) निकालकर राहुल की ओर बढ़ा दी।

"लो बेटा, इसे चूसो," बाबा ने शांत स्वर में कहा।

राहुल ने बिना कुछ बोले केतारी हाथ में ले ली और चूसने लगा। मीठा रस उसके मुँह में घुलने लगा, लेकिन उसके मन की कड़वाहट कम नहीं हो रही थी। थोड़ी देर में केतरी का सारा रस खत्म हो गया। राहुल ने उसे किनारे रख दिया।

बाबा ने फिर कहा, "बेटा, अब इस चूसी हुई केतारी की गुल्ली को फिर से चबाओ।"

राहुल ने आश्चर्य से बाबा की ओर देखा और बोला, "बाबा, इसमें तो सारा रस निकल चुका है। अब इसे दोबारा चबाने से यह मीठी थोड़ी लगेगी?"

बाबा मुस्कुराए।

"ठीक उसी प्रकार, बेटा... यह केतारी की गुल्ली तुम्हारी जिंदगी जैसी है। जिस लड़के से उसकी शादी होनी थी, हो गई। अब उसके पीछे भागने से तुम्हें कोई मिठास नहीं मिलेगी। जैसे इस सूखी गुल्ली को चबाने से रस वापस नहीं आएगा, वैसे ही बीते हुए रिश्ते से खुशियाँ वापस नहीं आएँगी।"

राहुल चुप हो गया। बाबा की बात उसके दिल को छू गई।

बाबा ने उसके कंधे पर हाथ रखते हुए कहा,

"जिंदगी बहुत बड़ी है बेटा। एक इंसान के जाने से जिंदगी खत्म नहीं होती। जो तुम्हारा नहीं था, उसे पकड़कर रखने की कोशिश मत करो। आगे बढ़ो... नई सुबह तुम्हारा इंतजार कर रही है।"

"राहुल हैरान रह गया कि बाबा को उसके बारे में इतना सब कैसे

पता था? कि वह जिस लड़की से प्यार करता था, उसकी शादी हो गई और वह उसे मिल नहीं पाई। शायद बाबा ने उसके चेहरे के हाव-भाव पढ़ लिए थे, या फिर वह साक्षात ईश्वर का कोई रूप थे।"

सुबह का समय था। कमरे में हल्की धूप फैल रही थी। टीना हाथ में गरम कॉफी का कप लेकर राहुल के कमरे की ओर बढ़ी। उसे लगा, रात की थकान के बाद राहुल को कॉफी अच्छी लगेगी। लेकिन जैसे ही उसने दरवाजा खोला, कमरा खाली था। राहुल कहीं नहीं था। टीना बाहर निकलकर आस-पास नज़र दौड़ाई, लेकिन राहुल कहीं दिखाई नहीं दिया।

घबराई हुई टीना सीधा अदिति के पास पहुंची और सारी बात बता दी। दोनों साथ-साथ उसे ढूंढने निकल पड़ीं। पार्क, गली, सड़क, हर जगह तलाश किया। दोनों को बड़ी उम्मीद थी कि शायद राहुल टहलने के लिए कहीं गया है और थोड़ी देर में लौट आएगा।

लेकिन समय बीतता गया। दोपहर हो चुकी थी, फिर भी राहुल का कोई पता नहीं चला। अब चिंता और गहरी हो गई। अदिति ने अपने बॉयफ्रेंड अमर को फ़ोन किया और सारी बात बताई। कुछ ही देर में अमर भी आ गया। तीनों ने मिलकर फिर से तलाश शुरू की। पास के अस्पताल तक जाकर पूछताछ की, मगर वहां भी राहुल के बारे में कोई जानकारी नहीं मिली।

आख़िरकार थक-हारकर वे लोग पुलिस स्टेशन पहुंचे। पुलिस वाले ने बात सुनते ही गुस्से में कहा:
पुलिस वाला: "मुझे पहले से ही उस राहुल पर शक था। वो कुछ छुपा रहा था।"
फिर उसने सवाल किया कि कहीं घर से कोई सामान चोरी तो नहीं हुआ। टीना ने जवाब दिया:
टीना: "नहीं सर, उसने कुछ भी नहीं चुराया।"

अगले दो-तीन दिन लगातार राहुल को ढूंढा गया। जब कहीं से कोई खबर नहीं मिली, तो तीनों ने मन ही मन यही मान लिया कि शायद राहुल
चुपचाप अपने घर चला गया होगा—बिना कुछ कहे, बिना अलविदा बोले।

रात के सन्नाटे में राहुल आख़िरकार उसी पोस्ट पर पहुँच गया, जहाँ से वह भागा था। सबसे पहले उसने पास की एक मोबाइल की दुकान पर जाकर अपना मोबाइल ठीक करवाया। घड़ी में रात के आठ बज चुके थे। मोबाइल चालू होते ही उसने आशीष को कॉल किया। उधर से गुस्से भरी आवाज़ आई:
आशीष: "जब से गए हो, तुम्हारा फ़ोन स्विच ऑफ़ था!"
राहुल ने धीमी आवाज़ में कहा: "अंदर आकर सब बताता हूँ। यहाँ संतरी का पहरा बहुत है, अंदर कैसे आऊँ?"
आशिष ने बिना देर किए जवाब दिया: "जिधर से भागे थे, उधर से ही आ जाओ। मैं संतरी को बातो में फँसा देता हूँ।"
राहुल फेंसिंग पार कर अंदर घुस गया। वह सीधे गार्ड रूम में चला गया। गार्ड रूम के अंदर बैठकर राहुल ने पूरी कहानी सुना दी और आशीष ध्यान से सुनता रहा। कुछ देर बाद आशीष ने सुकून भरे लहज़े में कहा
आशीष: "अभी तक किसी को कुछ पता नहीं चला है कि तुम यहाँ से भागे थे। घबराने की ज़रूरत नहीं।"
आशीष (आगे बोलते हुए): "कल से सीधे कैनाल वाटर सप्लाई वाली ड्यूटी पर चले जाना। सब सामान्य रहेगा।"
राहुल की चोट को देखते हुए आशीष ने आगाह किया: "और ये गोली की चोट है, समय से दवा लेते रहना। लापरवाही मत करना, जल्दी ठीक हो जाओगे।"

भाग 2

कुछ ही महीने बीते थे कि घर से खुशखबरी आई, राहुल की बहन की शादी तय हो गई थी। एक भाई के लिए इससे बड़ी खुशी क्या होती, उसने छुट्टी की अर्जी डाल दी थी और घर जाने की तैयारी में जुटा था।

लेकिन दिल के किसी कोने में एक खालीपन लगातार चुभता रहता है। राहुल अब भी शराब और सिगरेट के सहारे खुद को सँभालने की कोशिश करता था। अंजलि की याद उसे एक पल के लिए भी चैन नहीं लेने देती थी।

उधर शहर के दूसरे कोने में टीना और अदिति अपने कमरे की साफ़-सफाई में जुटी थीं। धूल झाड़ते और पुरानी चीजें हटाते वक्त अदिति की नज़र अलमारी के उसी कोने में दबे सामान पर पड़ी।

यह वही जगह थी जहाँ महीनों पहले राहुल ने अपना भीगा हुआ पर्स सूखने के लिए रखा था। जल्दबाजी में भागते समय वह अपना डुप्लीकेट आई-कार्ड और एक छोटी सी तस्वीर वहीं भूल गया था।

जैसे ही अदिति ने वह कार्ड उठाया, उसके हाथ ठिठक गए। उसने टीना को आवाज़ दी, "टीना इधर देख! यह तो वही लड़का है

जिसकी हमने जान बचाई थी।"

कार्ड पर साफ-साफ लिखा था— "भारतीय सेना"। दोनों लड़कियाँ यह देखकर सन्न रह गईं। जिस लड़के को उन्होंने एक साधारण घायल समझकर शरण दी थी, वह एक फौजी था।

टीना ने बुदबुदाते हुए कहा: "वह एक फौजी था और हमने उसे यूँ ही जाने दिया?"
अदिति की नज़र उस पासपोर्ट साइज फोटो पर पड़ी जो कार्ड के साथ चिपकी हुई थी। एक मासूम चेहरा, आँखों में चमक। जब उन्होंने फोटो को पलटकर देखा, तो पीछे लाल स्याही से लिखा था— "अंजलि, लव यू"।

अदिति और टीना सोच में पड़ गईं कि यह "अंजलि" कौन है? टीना ने फोटो को गौर से देखते हुए कहा: "अदिति, उस लड़के की आँखों में जो दर्द था, उसका राज़ इस फोटो में छिपा है।"

दोनों लड़कियाँ अब उस पहेली को सुलझाना चाहती थीं। उन्हें अहसास हुआ कि राहुल की कहानी जितनी वे समझ रही थीं, उससे कहीं ज़्यादा गहरी और दर्दनाक थी।

टीना के मन में बेचैनी साफ झलक रही थी। थोड़ी देर चुप रहने के बाद वह बोली: "अदिति, मुझे ठीक नहीं लग रहा। तू अमर से बात कर। वो पुलिस में है... शायद राहुल के बारे में कुछ पता लगा सके।"

अदिति ने बिना देर किए अमर को कॉल किया और आई-कार्ड व फोटो के बारे में बताई। अमर ने बात ध्यान से सुनी और कहा: "तुम लोग घबराओ मत। मैं अभी पता करता हूँ।"

अमर ने तुरंत अपने एक आर्मी वाले दोस्त से संपर्क किया। कुछ ही समय में जवाब आ गया। उसने बताया कि राहुल किस यूनिट से जुड़ा है और वह यूनिट इस समय कहाँ तैनात है। यह सुनते ही अदिति ने सारी जानकारी टीना को बता दी।

लेकिन टीना की बेचैनी कम होने के बजाय और बढ़ गई। वह भावुक होकर बोली: "हमें वहाँ जाना चाहिए, अदिति। पता नहीं राहुल किस हालत में होगा। जख्मी था, अकेला था... क्या पता वो यूनिट पहुँचा भी है या नहीं।"

अदिति कुछ पल के लिए सोच में पड़ गई। उसका दिमाग उसे रोक रहा था, लेकिन दिल टीना की बातों से सहमत हो रहा था। आखिर उसने धीमी आवाज में कहा:
अदिति: "ठीक है, हम चलेंगे।"
टीना: "एक बार अमर से भी पूछते हैं, वो क्या कहता है—हमें वहां जाना चाहिए या नहीं।" (अदिति से बोली)
अदिति: "ये ठीक रहेगा!"

जब अमर को यह बात पता चली, तो उसने बिना कोई सवाल किए दोनों का साथ दिया और दो दिन बाद की टिकट बुक कर दी।

शाम का समय था जब टीना ने अचानक एक तार्किक सवाल उठाया: "हम राहुल का तो पता लगा रहे हैं, लेकिन इस लड़की (तस्वीर वाली) के बारे में कुछ भी नहीं जानते। क्या पता यही उसकी तकलीफ की सबसे बड़ी वजह हो?"

अदिति ने फिर से तस्वीर को ध्यान से देखते हुए कहा:
अदिति: "उस रात राहुल कहीं से देर से आया था... हो सकता है वो अंजलि से मिलने गया हो।"

यह बात दोनों के दिल में घर कर गई। अगले ही दिन वे उस इलाके की दुकानों पर लगे सीसीटीवी (CCTV) कैमरों की फुटेज देखने लगीं। उन्हें वह दृश्य मिल गया—राहुल एक टेम्पो वाले से बात करता हुआ दिख रहा था। वीडियो धुंधला था, लेकिन राहुल को पहचानना मुश्किल नहीं था।

अदिति ने तुरंत टेम्पो का नंबर नोट किया और अमर को भेज दिया। अमर के लिए जानकारी निकालना आसान था। थोड़ी देर बाद ही उसने फोन कर बताया:

अमर: "टेम्पो सोनापुर साइड का है। मालिक का नाम और पता मिल गया है।"
अदिति: "टेम्पो वाला का फोन नम्बर दो।"
टीना और अदिति ने टेम्पो वाले को फोन किया और किसी बहाने से बुला लिया। जब वह आया, तो दोनों ने सीसीटीवी फुटेज दिखाकर पूछा:

अदिति: "उस रात इस लड़के को कहाँ छोड़ा था?"
टेम्पो वाले ने बिना ज्यादा सोचे कहा: "सोनापुर के पास एक गाँव में। लड़का चुप-चुप सा था, कुछ बोला नहीं।"

अब बात साफ थी। तीनों—टीना, अदिति और अमर—सोनापुर के लिए निकल पड़े। रास्ते भर टीना के मन में अजीब सी घबराहट थी। उसे लग रहा था जैसे वे किसी ऐसे सच के करीब जा रहे हैं, जिसे जानना शायद आसान नहीं होगा।

गाँव पहुँचकर उन्होंने राहुल की फोटो कई लोगों को दिखाई, लेकिन हर कोई एक ही जवाब देता:
"नहीं देखा।"
"नहीं जानते।"

"पहली बार देख रहे हैं।"

गाँव की चुप्पी अजीब थी—बहुत अजीब। अमर ने कहा, "अगर राहुल यहाँ टेम्पो से आया था, तो कुछ न कुछ जरूर हुआ होगा। ऐसे ही कोई इंसान जिसे हॉस्पिटल से उसी दिन डिस्चार्ज मिला, वह रात को यहाँ क्यों आएगा?"

गाँव के किनारे एक पुराने कलवट (Culvert) के पास चाय की दुकान थी। तीनों वहाँ बैठ गए। गर्म चाय के कप हाथ में थे और आपस में बातें चल ही रही थीं कि चायवाला बोला "काफी परेशान लग रहे हो तुम लोग। किसे ढूँढ रहे हो?"

अमर ने राहुल की तस्वीर दिखाई। चायवाले ने ध्यान से देखा, फिर सिर हिला दिया, "नहीं, इसे नहीं जानता।"

तभी टीना के दिल में अचानक एक ख्याल आया। उसने धीरे से उस लड़की (अंजलि) की तस्वीर निकाली और चायवाले के सामने रख दी। तस्वीर देखते ही चायवाले का चेहरा बदल गया।
चायवाला: "अरे... इसे तो मैं जानता हूँ!"
तीनों एक साथ चौंक पड़े। "कौन है?" अदिति ने जल्दी से पूछा।
चायवाला: "ये प्रित सिंह की बेटी है, अंजलि। दो महीने पहले ही इसकी शादी हुई है।"
"कहाँ रहती है?" टीना ने पूछा। चायवाले ने रास्ता समझा दिया।
चायवाला: "यहाँ से 500 मीटर पर एक आंगनबाड़ी केंद्र है, ठीक उसी के बगल में प्रित सिंह का घर है।"
टीना (धन्यवाद करते हुए): "शुक्रिया चाचा जी पता बताने के लिए।"
अमर ने पर्स से 50 रु. का नोट चायवाले को चाय के दाम के लिए दिया और तीनों वहाँ से प्रित के घर की तरफ चल पड़े।

कुछ देर बाद वे अंजलि के घर के सामने खड़े थे। एक साधारण सा घर, बाहर शांति थी। दरवाजा खुला तो अंजलि की माँ सामने आई। उम्र और हालात ने उनके चेहरे पर थकान लिख दी थी।

अमर ने राहुल की तस्वीर आगे बढ़ाई। तस्वीर देखते ही अंजलि की माँ का चेहरा एकदम सख्त हो गया। उनके चेहरे पर डर और गुस्सा दोनों साफ़ दिख रहे थे। वह तेज आवाज में बोलीं "मैं इस लड़के को नहीं जानती!"

अमरः "दो महीने पहले इस लड़के को गोली लगी थी। इसकी जान हमने बचाई थी। इसके आई-कार्ड में एक लड़की की तस्वीर मिली अंजलि नाम लिखा था। वो आपकी बेटी है न?"

कुछ पल के लिए अंजलि की माँ चुप रही, फिर बोलीः "हाँ... ये मेरी बेटी है। लेकिन मैं इस लड़के को नहीं जानती! अब तुम लोग यहाँ से जाओ!"

दरवाजा बंद हो गया। तीनों एक-दूसरे की तरफ देखने लगे। उन्हें समझ आ गया था कि यहाँ कुछ छुपाया जा रहा है। उन्होंने आस-पास पूछताछ की, लेकिन हर जगह वही खामोशी और वही इनकार मिला।

टीना और अदिति राहुल की यूनिट जाने के लिए ट्रेन में बैठ चुकी थीं। प्लेटफॉर्म पर अमर उन्हें छोड़ने आया था। ट्रेन के चलने से पहले उसने दोनों को हिम्मत दी। ट्रेन के डिब्बे में बैठी दोनों सहेलियाँ आपस में बात करने लगीं। टीना बार-बार यही सवाल दोहरा रही थी कि आखिर अंजलि (तस्वीर वाली लड़की) के घरवालों ने राहुल को पहचानने से इनकार क्यों किया, जबकि राहुल के पास उसकी साफ-साफ तस्वीर थी।

अदिति भी इस बात से सहमत थी कि मामला सीधा नहीं है। दोनों ने तय किया कि अब अंदाजे लगाने का कोई फायदा नहीं, सच तो तभी सामने आएगा जब वे खुद राहुल से मिलेंगी। ट्रेन कटिहार रेलवे स्टेशन से खुल गई।

अगले दिन दोपहर के समय टीना और अदिति राहुल की यूनिट पहुँच गईं। उधर, राहुल एक बस में बैठा हुआ था। बस जैसे ही आगे बढ़ी, अचानक उसकी नज़र सामने खड़ी दोनों लड़कियों—टीना और अदिति—पर पड़ी। उसके मन में सवाल उठा:

राहुल (स्वयं से): "ये दोनों यहाँ कैसे आ गईं?"

इससे पहले कि उनकी नज़र राहुल पर पड़ती, उसने तुरंत अपना चेहरा ढँक लिया। इधर टीना और अदिति यूनिट के गेट तक पहुँच चुकी थीं। संतरी ने उन्हें रोकते हुए पूछा:

संतरी: "आप लोग किससे मिलना चाहती हैं?"

अदिति ने राहुल की फोटो दिखाते हुए कहा "हमें इनसे मिलना है।"

संतरी ने फोटो देखी और जवाब दिया:

संतरी: "ये राहुल तो अभी-अभी छुट्टी लेकर निकला है। आज शाम की उसकी ट्रेन है।"

फिर संतरी ने शक के आधार पर पूछा:

संतरी: "उसने कुछ गलत तो नहीं किया?"

टीना ने शांत स्वर में कहा:

टीना: "नहीं, ऐसी कोई बात नहीं है।"

दोनों ने बताया कि वे राहुल की दोस्त हैं और उससे मिलना बहुत ज़रूरी है। संतरी ने कहा कि वह राहुल को फोन करके बताने की कोशिश करता है। कॉल लगाया गया, लेकिन मोबाइल स्विच ऑफ आया। राहुल पहले ही दोनों को यूनिट की ओर आते देख चुका था, इसलिए उसे किसी अनहोनी का डर लगने लगा था।

संतरी ने राहुल के सीनियर से बात की और पूरी जानकारी निकाली। फिर उसने दोनों लड़कियों को बताया: "राहुल की ट्रेन

आज शाम 4 बजे दिल्ली रेलवे स्टेशन से है। ट्रेन नंबर 12424 है।"

संतरी ने जैसे ही ट्रेन और कोच की जानकारी दी, अदिति हैरानी से बोल उठी:
अदिति: "लेकिन वह तो बलिया का रहने वाला है, यह ट्रेन वहाँ नहीं जाती!"
संतरी ने सुधार करते हुए बताया "मैडम, वह बिहार के कटिहार जिले का रहने वाला है।"

समय बर्बाद किए बिना दोनों लड़कियां रेलवे स्टेशन की ओर निकल पड़ीं। ट्रेन में राहुल अपनी सीट पर बैठा चिप्स खा रहा था और कोल्ड ड्रिंक पी रहा था। अचानक उसकी नज़र सामने खड़ी टीना और अदिति पर पड़ी। राहुल ने हल्की मुस्कान के साथ कहा:
राहुल: "ढूँढ ही लिया मुझे। मैंने तुम्हें यूनिट जाते देखा था, तभी समझ गया था कि तुम यहाँ ट्रेन में भी पहुँच जाओगी।"

राहुल की सहजता देख टीना गुस्से से लाल हो गई। उसकी आँखों में नाराजगी साफ़ झलक रही थी। उसने कड़े स्वर में कहा "अब आगे एक भी झूठ बोला तो हम तुम्हारा मुँह तोड़ देंगे। तुम्हारे लिए हम दोनों अपनी पढ़ाई-लिखाई छोड़कर सिर्फ यह जानने आए कि जिस रात तुम हमारे कमरे से भागे थे, ज़िंदा भी हो या मर गए!"
टीना ने बिना रुके अपनी बात जारी रखी:
टीना: "तुम्हारे बारे में जानने की कोई दिलचस्पी नहीं थी, लेकिन जब तुम्हारा आर्मी आई-कार्ड देखा और साथ में एक लड़की की तस्वीर मिली, तब हमारे मन में सवाल उठने लगे। हमें समझ आया कि उस रात ज़रूर कुछ हुआ था, तभी तुम्हें गोली लगी थी।"

अदिति, जो अब तक चुपचाप सब सुन रही थी, आगे बढ़कर बोली:
अदिति: "हम लोग अंजलि के घर भी गए थे। तुम्हारी फोटो दिखाई, सब कुछ बताया, लेकिन वहाँ के लोगों ने तुम्हें पहचानने से साफ़

इनकार कर दिया।"

टीना: "अब आखिरी बार बोल रहे हैं राहुल, आगे एक भी झूठ नहीं। शुरू से सब सच बताओ! तुम कौन हो, तुम्हारा घर कहाँ है, यह अंजलि कौन है, अंजलि तुम्हारी क्या लगती थी, और उस रात गोली कैसे लगी?"

टीना और अदिति के तीखे सवालों के बाद ट्रेन की आवाज़ के बीच कुछ पल की खामोशी छा गई. माहौल तनावपूर्ण था। फिर अदिति ने ठोस लहजे में अपनी बात दोहराई:

अदिति: "हम कटिहार से यहाँ तुम्हारी कहानी सुनने आए हैं। सफर लंबा है और इसी ट्रेन में हमें सब जानना है।"
राहुल ने उन दोनों की तरफ देखा। उसकी आँखों में एक समर्पण का भाव था। उसने शांत होकर कहा:
राहुल: "ठीक है, मैं सब बताऊँगा।"

लेकिन बात शुरू करने से पहले उसने एक व्यावहारिक समस्या की ओर ध्यान दिलाया:
राहुल: "लेकिन पहले तुम दोनों के टिकट बनवा देता हूँ। अगर टीटीई (TTE) ने पकड़ लिया, तो मुश्किल हो जाएगी।"

यह कहकर राहुल उठा और टीटीई के पास गया। उसने टीना और अदिति दोनों के लिए टिकट बनवाए। वापस लौटते हुए उसने देखा कि दोनों लड़कियाँ भूखी लग रही हैं। वह उनके लिए कुछ खाने-पीने का सामान लेकर आया।

टीना और अदिति ने चुपचाप खाना खा लिया, लेकिन उनके मन में खाने से ज़्यादा उन सवालों की भूख थी जिनका जवाब राहुल के पास था। थोड़ी देर बाद, जब ट्रेन ने रफ़्तार पकड़ी, राहुल अपनी

सीट पर सीधा बैठ गया।

राहुल ने अपनी थैला से एक पुरानी डायरी निकाली और टीना की ओर बढ़ाते हुए कहा:

"ये लो मेरी डायरी, इसमें तुम्हारे हर सवाल का जवाब मिलेगा। इसमें मेरे बचपन से लेकर उस काली रात तक की हर घटना लिखी हुई है, जिसे पता लगाने के लिए तुम दोनों यहाँ तक आई हो।"

अक्सर फौजियों की एक आदत होती है—वे अपनी जिंदगी के हर छोटे-बड़े पल को डायरी में समेट कर रखते हैं। जब सरहद की वीरानी या बैरक का अकेलापन उन्हें सताता है, तो वे इन्हीं पन्नों को पढ़-पढ़कर अपना दिन बहलाते हैं। उनके पर्स में हमेशा परिवार की एक धुंधली सी फोटो और उस लड़की की तस्वीर जरूर होती है, जिससे वे अपनी जान से भी ज्यादा प्यार करते हैं।

अदिति ने बिना देर किए राहुल के हाथ से वह डायरी ले ली और उसे पढ़ना शुरू कर दिया। राहुल के आँखों में भारी थकान और नींद साफ़ झलक रही थी। उसने एक अंगड़ाई ली और ऊपर वाली सीट की ओर इशारा करते हुए कहा, "अब तुम लोग यह पढ़ो, मैं थोड़ा सो लेता हूँ।"

इतना कहकर राहुल ऊपर वाली सीट पर सोने के लिए चढ़ गया। नीचे अदिति पन्ने पलट रही थी और टीना उसके कंधे के पास से बड़ी उत्सुकता के साथ डायरी में डूबी हुई थी।

भाग 3

गाँव की सुबह हमेशा शहर से अलग होती है। जब शहर के लोग अलार्म की आवाज़ से उठते हैं, तब गाँव के लोग मुर्गों की बांग और बैलों की घंटियों की टन-टन से जागते हैं। चारों तरफ धुंधली-सी रोशनी, खेतों पर ओस की बूंदें, कच्चे रास्तों पर गीली मिट्टी की खुशबू, और दूर कहीं किसी किसान के हल चलाने की आवाज़।

राहुल का जन्म एक साधारण किसान परिवार में हुआ था। उसके पिता दिन-रात सब्जी की खेती करते थे। कभी लौकी, कभी भिंडी, कभी टमाटर, तो कभी आलू। माँ भी पिता के साथ खेत में हाथ बंटाती थी। सुबह चार बजे उठकर चूल्हा जलाना, रोटियां सेंकना, बच्चों को तैयार करना और फिर खेत में जाना—यही उसकी रोज की दिनचर्या थी। चार बच्चों का लालन-पालन करना एक किसान परिवार के लिए मुश्किल होता है। राहुल का एक छोटा भाई और दो बहन भी थीं।

राहुल गाँव में ही पला बढ़ा। वह गाँव के सरकारी स्कूल में पढ़ता था। स्कूल में पढ़ाई नाम की ज्यादा कुछ नहीं होती थी। मास्टर जी कभी आते, कभी नहीं आते। बच्चों का ध्यान पढ़ाई से ज्यादा खेलकूद और शरारत में रहता था। राहुल भी बहुत शरारती था। आए दिन उसकी शिकायत घर पहुंच जाती थी। कभी वह स्कूल से

भाग जाता, कभी दोस्तों के साथ बदमाशी करता।

गाँव में लोग उसके माता-पिता को ताने मारते—
"आपका लड़का बहुत बदमाश हो गया है।"
"कभी कोई कहता, आपका लड़का मेरे बच्चों को मार दिया।"
"कभी कोई कहता, आपका लड़का स्कूल नहीं गया आज।"
यह सुनकर उनके माता-पिता को शर्मिंदगी उठानी पड़ती थी। पिता गुस्से में कहते
पिताः "हम दिन-रात मेहनत करें, और तू बदमाशी करे?"
कभी डांट पड़ती, कभी मार भी, पर राहुल की बदमाशी कम नहीं होती थी।

राहुल को बचपन से ही क्रिकेट देखना और खेलना बहुत पसंद था। गाँव में जब भी बाहर खाली मैदान में लड़के इकट्ठा होते, राहुल सबसे पहले बल्ला उठाता। बल्ला भी कहाँ असली होता था—कभी लकड़ी का टुकड़ा, कभी टूटा हुआ दरवाजे का पटरा। गेंद भी कभी टेनिस बॉल, तो कभी कपड़े में लपेटकर बनाई गई।

जब भी किसी के घर टीवी पर मैच आता, राहुल दौड़कर वहाँ पहुँच जाता। गाँव में गिनती के दो-तीन घरों में ही टीवी था। बिजली भी दिन में मुश्किल से एक-दो घंटे आती थी। कई बार ऐसा होता कि जैसे ही मैच रोमांचक मोड़ पर पहुँचता, बिजली चली जाती। पूरा गाँव "अरे यार!" कहकर चिल्ला उठता। कभी-कभी जिस घर में राहुल टीवी देखने जाता, वहाँ के लोग कह देते "बस-बस, बहुत देख लिया, अब जाओ अपने घर!"

राहुल चुपचाप लौट आता। दिल में थोड़ी शर्म और थोड़ी उदासी होती। राहुल कई बार अपने पिता से कहता—
राहुलः "पापा, मेरा दाखिला प्राइवेट स्कूल में करा दो। वहाँ अच्छे से पढ़ाई होती है।"

पिता चुप हो जाते। उनकी आँखों में लाचारी साफ़ दिखती थी। वे बस इतना कहते—
पिता: "बेटा, चाह तो हमारी भी है... पर पैसे कहाँ से लाएँ?"

एक किसान, वो भी सब्जी की खेती करने वाला, कितना कमा सकता है? मौसम अगर साथ दे तो ठीक, नहीं तो पूरी फसल बर्बाद। कभी बारिश ज्यादा हो जाती, कभी ओले पड़ जाते, कभी मंडी में दाम गिर जाते। कई बार लागत भी नहीं निकलती थी और यह इस गाँव के हर किसान की कहानी थी।

राहुल को त्योहारों पर साल में एक-दो बार ही नए कपड़े मिलते। दीवाली या होली—बस वही मौका होता जब चारों भाई-बहनों को नए कपड़े मिलते। पिता हफ़्तों पहले से पैसा जोड़ते। माँ अपने लिए कभी नया कपड़ा नहीं लेती, पहले बच्चों के लिए खरीदती। जब चार बच्चों के लिए कपड़े खरीदे जाते, तो पिता के चेहरे पर खुशी से ज्यादा चिंता होती—
पिता (सोचते हुए): "इस महीने खर्च कैसे चलेगा?"
गरीबी में हर चीज़ महँगी लगती है। जब जेब खाली हो, तो सस्ती चीज़ भी बोझ लगती है।

राहुल बचपन से ही खेतों में हाथ बँटाता था। सुबह स्कूल जाने से पहले सब्जी तोड़ना, बोरी में भरना, और साइकिल पर लादकर मंडी तक पहुँचाना—यही उसकी दिनचर्या थी।

राहुल के माँ-बाप का भी सपना था कि जिस तरह वे किसानी कर रहे हैं, आने वाले समय में यह सब उनके बच्चों को न करना पड़े। दुनिया का कोई भी माँ-बाप यह नहीं सोचता कि उसके बच्चों को उच्च शिक्षा की प्राप्ति न हो। हर माँ-बाप चाहता है कि उसका बेटा-बेटी पढ़-लिखकर कलेक्टर बने। पर जब बात पैसों की आती है, तो

कई बार सपने अधूरे रह जाते हैं। राहुल भी सरकारी स्कूल से पढ़ रहा था। वह जानता था कि इस तरह पढ़कर सीधे कलेक्टर बनना आसान नहीं होगा। इसी कारण वह अपने पापा के साथ खेती में हाथ बँटाता था, क्योंकि उसे पता था कि एक दिन उसे भी खेती करनी ही है। धीरे-धीरे राहुल बड़ा होने लगा। उसे देश-दुनिया के बारे में समझ आने लगी और वह समझदार होता जा रहा था।

राहुल ने दसवीं की परीक्षा दी, लेकिन उसके अंक अच्छे नहीं आए। अंक अच्छे कैसे आते? पढ़ाई पर ध्यान कम और क्रिकेट पर ज्यादा था। क्रिकेट खेलने से अच्छे नंबर नहीं आते। वह द्वितीय श्रेणी से दसवीं पास हुआ। उसके सभी दोस्त प्रथम श्रेणी से पास हुए और सबने ग्यारहवीं में विज्ञान (Science) विषय चुना।
राहुल के मन में भी वही इच्छा जागी—
राहुल (मन में): "मैं भी साइंस ही लूँगा।"
एक शाम वह हिम्मत करके अपने पिता के पास गया। पिता खेत से लौटे थे, थके हुए थे और उनके कपड़ों पर मिट्टी लगी हुई थी।
राहुल ने धीरे से कहा:
राहुल: "पापा, मैं भी ग्यारहवीं में साइंस से पढ़ाई करना चाहता हूँ।"
पिता ने आश्चर्य से उसकी ओर देखा और बोले:
पिता: "देख बेटा, साइंस बहुत कठिन पढ़ाई है। इसमें बड़े-बड़े बच्चे फेल हो जाते हैं। तू दिन भर क्रिकेट खेलता है और तेरे दसवीं में भी कम नंबर आए हैं। कैसे करेगा?"
राहुल का सिर झुक गया, लेकिन उसकी आवाज़ में दृढ़ता थी:
राहुल: "पापा, मैं आज के बाद क्रिकेट नहीं खेलूँगा। मैं मेहनत करूँगा। बस एक मौका दे दीजिए।"

उस रात राहुल की माँ ने उसके पिता से कहा, "राहुल अगर खुद से पढ़ना चाहता है तो उसे रोकिए मत। शायद यही उसका रास्ता हो।"

पिता ने गहरी साँस ली। उन्हें अपने बेटे की आँखों में पहली बार सच्ची लगन दिखी। अगले दिन उन्होंने हामी भर दी।
पिताः "ठीक है बेटा, अगर तूने ठान लिया है तो मैं भी तेरे साथ हूँ। लेकिन मेहनत छोड़ना मत।"

राहुल ने दो साल अच्छे से पढ़ाई की, दिन-रात मेहनत की। उसने अपने पापा से किया वादा निभाया और इंटरमीडिएट की परीक्षा प्रथम श्रेणी से पास की।

गाँव के सारे लड़कों ने सरकारी नौकरी की तैयारी शुरू कर दी थी। कोई रेलवे की तैयारी कर रहा था, कोई पुलिस की, तो कोई फ़ौज में भर्ती होने का सपना देख रहा था। हर घर में बस एक ही बात होती थी— "सरकारी नौकरी लग जाए तो ज़िंदगी बन जाए।

उसी गाँव में राहुल भी बड़ा हो रहा था। उसकी लंबाई अच्छी थी, शरीर भी मज़बूत था, इसलिए उसने भी सेना में भर्ती होने का मन बना लिया।

सुबह-सुबह जब गाँव के लड़के मैदान में दौड़ने निकलते, तो राहुल भी उनके साथ होता। ठंडी हवा, धूल भरी पगडंडी और उगते सूरज के बीच उसका एक ही सपना था— फ़ौजी बनकर घर वालों का नाम रोशन करना।

यह उसकी पहली भर्ती थी। मन में डर भी था और जोश भी। भर्ती वाले दिन मैदान में भीड़ उमड़ी हुई थी। हर चेहरे पर उम्मीद थी। जब दौड़ शुरू हुई तो राहुल ने पूरी ताकत लगा दी। साँस तेज़ चल रही थी, सीना धड़क रहा था, लेकिन कदम रुकने को तैयार नहीं थे।
आखिरकार उसने दौड़ पूरी कर ली— वह पास हो गया था।
लेकिन किसे पता था कि उसकी ज़िंदगी अब फिल्मों की तरह एक

नया मोड़ लेने वाली है।

जब किसी से प्यार होता है, तो भूख नहीं लगती, प्यास नहीं लगती। रात भर उसी इंसान के बारे में सोचते रहते हैं। जब लोग इश्क में होते हैं, तो नींद भी उनसे रूठ जाती है।

इश्क की शुरुआत बड़ी खूबसूरत होती है, पर हर कहानी पूरी हो, यह ज़रूरी नहीं। कभी-कभी किस्मत कुछ और लिखकर लाती है।

लोग कहते हैं कि अगर मोहब्बत सच्ची हो तो मिलन ज़रूर होता है। लेकिन कुछ कहानियाँ अधूरी ही रह जाती हैं। शायद इसलिए कि उनकी खूबसूरती उसी अधूरेपन में होती है।

कभी-कभी वह सोचता— "काश उस दिन पलटकर उसे न देखा होता। काश दिल को संभाल लिया होता। तो आज यह बेचैनी, यह तड़प, यह अधूरा सा अहसास न होता।"

"शायद यही इश्क की कहानी होती है बिना बताए आना और बहुत कुछ बदल जाना।"

मैदान में दौड़ पूरी करने के बाद राहुल जब वह वापस घर लौटने लगा, तो उसे याद आया कि ग्राउंड के पास ही उसके बड़े पापा के बेटे की पत्नी यानी उसकी भाभी का घर है।

राहुल ने सोचा, "क्यों न भाभी से मिलकर जाऊँ और उन्हें यह खुशखबरी खुद दूँ कि मैं रनिंग में पास हो गया हूँ!" उसके साथ गाँव के 2-4 दोस्त भी थे

राहुल ने घर पहुँचकर दरवाजे की घंटी बजाई। कुछ ही पलों में भाभी बाहर आईं। राहुल को अचानक सामने देख वह हैरान भी हुईं

और खुश भी।
भाभी: "अरे राहुल! तुम यहाँ अचानक? सब ठीक तो है? कैसे आना हुआ?"

राहुल (मुस्कुराते हुए): "हाँ भाभी, सब एकदम बढ़िया है! असल में पास के मैदान में ही सेना की भर्ती की दौड़ थी, बस वहीं आया था। खुशखबरी यह है कि मैं रनिंग में पास हो गया हूँ! सोचा घर जाने से पहले आपसे मिलता चलूँ और आपको बताता चलूँ।"

भाभी (खुशी से चहकते हुए): "अरे वाह! यह तो बहुत बड़ी खुशखबरी है। अंदर आओ, बहार ही खड़े रहोगे क्या? अपने दोस्तों को भी अंदर बुलाओ।"
भाभी ने बड़े प्यार से सबको अंदर बिठाया। उन्होंने झटपट चाय बनाई और साथ में बढ़िया नाश्ता तैयार किया।

काफी देर तक हँसी-मजाक और घर-परिवार की बातें होती रहीं। भाभी ने जोर देकर सबको खाना भी खिलाया। पेट भरा हो या न हो, पर अपनों के हाथ के खाने का स्वाद ही कुछ और होता है। काफी गपशप के बाद जब राहुल विदा लेने लगा

बातों-बातों में भाभी ने बड़े सहज भाव से राहुल से एक मदद माँगी। उन्होंने कहा, "राहुल, तुम जहाँ शहर में अपनी प्रतियोगी परीक्षाओं (Competitive Exams) की तैयारी के लिए जाते हो, वहीं अंजलि को भी साथ ले जाकर कोचिंग दिखा देना। वह भी तैयारी करना चाहती है और उसे भी उसी कोचिंग में एडमिशन लेना है।" राहुल ने मुस्कुराकर हामी भर दी।

भाभी: "राहुल, कल जब तुम कोचिंग जाओगे, तो अंजलि को भी साथ ले लेना। उसे रास्ता और कोचिंग का माहौल समझ आ जाएगा।"

राहुलः "ठीक है भाभी, आप कल उसे भेज दीजिएगा। मैं उसे साथ ले जाऊँगा।"

लेकिन जैसे ही राहुल जाने के लिए उठा, उसके मन में एक व्यावहारिक सा ख्याल आया। उसने सोचा, "कल अंजलि को साथ तो ले जाना है, पर मैंने उसे कभी देखा ही नहीं। अगर कल वह सामने आई, तो मैं उसे पहचानूँगा कैसे?"

कहते हैं न, प्यार अचानक होता है। न कोई तैयारी, न कोई इरादा—बस एक नज़र और दिल अपना रास्ता खुद चुन लेता है। राहुल के साथ भी कुछ ऐसा ही हुआ। प्यार करने के लिए सालों की ज़रूरत नहीं होती, कभी-कभी एक पल ही काफी होता है किसी का होने के लिए।

राहुल ने जैसे ही पीछे मुड़कर देखा, दरवाजे पर अंजलि खड़ी थी। उस पहली नज़र में राहुल को सिर्फ एक खूबसूरत चेहरा नहीं दिखा, बल्कि उसे उसमें अपनी पूरी दुनिया दिखाई देने लगी। उसके बालों का उड़ना, उसकी आँखों की चमक और उसके चेहरे की सादगी राहुल के दिल पर एक गहरी छाप छोड़ गई।

"ऐसा लग रहा है जैसे मैं इसे सदियों से जानता हूँ। जिस सुकून की तलाश मुझे अब तक थी, शायद वह यही है।"

उसी लम्हे में राहुल को उससे प्यार हो जाता है। यह वह प्यार नहीं था जो दिमाग से सोचकर किया जाए, बल्कि यह रूह का एक झटका था। राहुल को लगने लगा कि उसकी हर खुशी, हर उम्मीद और हर सपना अब इसी एक लड़की से जुड़ा है। दुनिया का शोर गायब हो गया और कानों में सिर्फ एक धीमा सा संगीत गूँजने लगा।

भाभी (राहुल को ख्यालों में खोया देख): "क्या हुआ राहुल? कहाँ खो गए? यही है अंजलि। कल इसे साथ ले जाओगे न?"
राहुल (हड़बड़ाते हुए): "जी... जी भाभी। बिल्कुल। मैंने देख लिया... अब पहचान लूँगा।"

'पहली नज़र का प्यार' (Love at first sight) राहुल को पूरी तरह बदल देता है। जो लड़का अब तक अपनी ही दुनिया और दौड़-धूप में मगन था, अब उसकी हर सोच इस अनजान लड़की के इर्द-गिर्द घूमने लगी। वह पल उसे सिखाता है कि खूबसूरती देखने वाले की आँखों में होती है, और जब दिल किसी को अपना मान ले, तो हर चीज़ मुकम्मल लगने लगती है।

पीछे मुड़कर देखना तो एक इत्तेफाक हो सकता है, लेकिन उस एक नज़र में किसी को अपना सब कुछ मान लेना कुदरत का एक अनमोल तोहफा है। यह वह अहसास है जो बताता है कि मोहब्बत किसी भी मोड़ पर, किसी भी वक्त हो सकती है—बस एक नज़र देखने की देरी होती है!

"वह चलता-चलता ठहर गया, अब पीछे मुड़कर देखा उसे,
एक अजनबी सा चेहरा था, पर अपना सब कुछ देखा उसमें।"

"मैं मुसाफिर था अपनी ही दुनिया का, पर एक मोड़ पर कदम डगमगाए,
पीछे मुड़ा जो एक नज़र के लिए, तो सामने सारा जहाँ नज़र आए।"

"दो नज़र मिली, तो वक्त रुक गया, जैसे कोई सदियों का रिश्ता जुड़ा हो,
उनकी आँखों में वो असर दिखा, जैसे मेरे हर मरज़ की दवा वही हो।"

राहुल: "ठीक है भाभी, कल शिवमंदिर चौक के बगल में 'Global GS Class' है, वहीं भेज दीजिएगा। मैं इनको अपने साथ ले जाऊँगा और सर से भी बात करवा दूँगा कि फीस क्या लगेगी।"

इसके बाद राहुल भाभी को 'बाय' कहकर अपने दोस्तों के साथ घर की तरफ चल दिया। रास्ते में उसके दोस्त उसे छेड़ने लगे।

दोस्त 1: "वो लड़की जिसे तुम्हारी भाभी कोचिंग दिखाने के लिए बोल रही थीं, कैसी लग रही थी?"
दोस्त2 : "अरे भाई, वही तो हम लोगों को खाना खिला रही थी!"
राहुल: "अच्छा! वही हम लोगों को खाना खिला रही थी क्या?"
दोस्त (हैरान होकर): "हाँ! तुमने देखा नहीं क्या?"
राहुल: "अरे भाई, मेरा ध्यान तो अपने एग्जाम में आए हुए प्रश्नों पर था कि कौन सा सही था और कौन सा गलत। जिसका एग्जाम में कल दिया था शायद इसी वजह से मेरा ध्यान उस पर नहीं गया।"

बातें करते-करते राहुल और उसके दोस्त घर पहुँच गए, लेकिन राहुल के मन में अब सिर्फ कल सुबह का इंतज़ार था।

पिछली पूरी रात राहुल की आँखों से नींद गायब थी. करवटें बदलते हुए बस उसने उस अनजान चेहरे को याद किया—वो हँसी, वो बातें जो अभी तक हुई ही नहीं थीं, और वो अहसास जो बिल्कुल नया था. राहुल मन ही मन 50 बार "हेलो" कहने की प्रैक्टिस कर चुका था, लेकिन हर बार उसे लगता कि शायद यह थोड़ा अजीब लगेगा.

सुबह हुई और राहुल वक्त से पहले ही जल्दी-जल्दी तैयार हो गया. उसने आईने में बीसों बार अपने चेहरे को निहारा और अलग-अलग तरीके से बालों को सँवारा. अंदर ही अंदर बेताबी बढ़ती जा रही थी.

वक्त से पहले ही राहुल कोचिंग पहुँच गया. जैसे-जैसे समय हो रहा था, उसका दिल जोर-जोर से धड़क रहा था.

राहुल कोचिंग के गेट पर खड़ा बार-बार अपनी घड़ी देख रहा था. हर आती हुई साइकिल और हर गुज़रती हुई लड़की को देखकर उसकी साँसें रुक जाती थीं, लेकिन जैसे ही वह देखता कि वह "वह" नहीं है, एक ठंडी आह निकल जाती थी.

तभी दूर से एक सफेद रंग का सूट और नीले रंग की सलवार-दुपट्टा पहने हुए एक लड़की साइकिल चलाती हुई दिखाई दी. सूरज की पहली किरण जैसे उसके चेहरे पर पड़ रही थी. राहुल का दिल एक पल के लिए रुक गया—वह बिल्कुल वैसी ही लग रही थी जैसा उसने रात भर कल्पना (Imagine) किया था.

जैसे ही वह कोचिंग के गेट के पास पहुँची, राहुल ने एक गहरी साँस ली और उसके रास्ते के थोड़ा करीब गया. लड़की ने उसे देखा और एक हल्की सी मुस्कुराहट दी, जैसे वह पहले से जानती हो कि कोई उसका इंतज़ार कर रहा है.

राहुल (थोड़ा लड़खड़ाती आवाज़ में): "हाय... आप को कोई तकलीफ तो नहीं हुई यहाँ तक आने में?"
लड़की (अपना दुपट्टा ठीक करते हुए): "नहीं, कोई परेशानी नहीं हुई। लेकिन कोचिंग बहुत दूर है मेरे नानी के घर से..." उसने मुस्कुराते हुए कहा"

राहुल (थोड़ा रिलैक्स होते हुए): "मैं राहुल हूँ। अगर आपको क्लास में कोई प्रॉब्लम हो तो... मतलब, मैं हेल्प कर सकता हूँ। मैं यहाँ पुराना हूँ।"

लड़की (अपनी आँखों से बाल हटाते हुए): "मेरा नाम अंजलि है...

थैंक्स राहुल! सच कहूँ तो मुझे डर लग रहा था कि आप मुझसे बात करोगे या नहीं। आपने बात करने की शुरुआत की, यह अच्छा लगा।"

दोनों साथ में कोचिंग के अंदर जाने लगे। राहुल के अंदर जो बेचैनी रात भर से थी, वह अब एक सुकून में बदल गई थी। जिस लड़की के बारे में वह सिर्फ सोच रहा था, अब वह उसके बगल में चल रही थी। बातचीत तो सिर्फ एक बहाना था; राहुल को पता था कि यह सिर्फ एक कोचिंग क्लास की शुरुआत नहीं, बल्कि उसकी जिंदगी के एक नए हिस्से का पहला पन्ना है।

क्लासरूम के अंदर का माहौल हमेशा की तरह शोर-गुल से भरा था, लेकिन राहुल के लिए आज सब कुछ पुराना था, सिवाय अंजलि के। दोनों ने पीछे की एक खाली बेंच चुनी और वहाँ बैठ गए। जैसे ही दोनों बैठे, एक अजीब सी खामोशी छा गई—यह वह खामोशी थी, जिसमें बहुत सारी बातें छुपी होती हैं।

राहुल: "वैसे आज हिस्ट्री की क्लास है। थोड़ा टफ होने वाला है। सर थोड़ा गुस्से में रहते हैं।"
अंजलि (धीरे से हँसते हुए): "ओह नो! फिर तो अच्छा हुआ मैं आपके पास बैठी हूँ। बचा लेना मुझे।"

क्लास शुरू हुई। सर बोर्ड पर कुछ 'History' का जिक्र लिख रहे थे, लेकिन राहुल का ध्यान बोर्ड से ज्यादा अंजलि के हाथों पर था, जो तेजी से कॉपी पर पेन से लिख रही थी।

क्लास चल रही थी, लेकिन राहुल का मन पढ़ाई से ज़्यादा अंजलि की मौजूदगी को महसूस करने में लगा था। वह हर दो मिनट में कोई न कोई बहाना बनाकर अंजलि की तरफ देखता:

"कभी पेन माँगने के लिए।"
"कभी यह पूछने के लिए कि "सर ने अभी क्या कहा?"
"और कभी बस यूँ ही, यह पक्का करने के लिए कि वह वाकई उसके पास बैठी है।"

एक बार जब राहुल उसे देख रहा था, तभी अंजलि ने अचानक अपनी गर्दन घुमा दी और दोनों की आँखें मिल गईं। राहुल ने फ़ौरन अपनी नज़रें चुरा लीं और बोर्ड की तरफ ऐसे देखने लगा जैसे वह दुनिया का सबसे होनहार छात्र हो। अंजलि ने अपनी एक छोटी सी मुस्कुराहट दबाई और दोबारा अपनी कॉपी में लिखने लगी।

क्लास खत्म होने वाली थी और राहुल के दिमाग़ में बस एक ही सवाल चल रहा था क्या वह अंजलि से पूछे कि वह उसे कुछ दूर तक छोड़ दे? राहुल के हाथ डर के मारे थोड़े ठंडे पड़ रहे थे, उसे लगा कहीं वह मना न कर दे।

जैसे ही क्लास खत्म हुई, राहुल ने हिम्मत जुटाकर अपना सवाल पूछ ही लिया, लेकिन अंजलि ने मना कर दिया और कहा कि वह खुद चली जाएगी। राहुल भी अपने घर की तरफ निकल पड़ा, पर पूरे रास्ते उसके ज़ेहन में सिर्फ़ अंजलि ही छाई रही।

अगले दिन राहुल कोचिंग थोड़ा जल्दी पहुँच गया। उसका दिल तेज़ी से धड़क रहा था कि क्या अंजलि आज भी उसके पास बैठेगी? उसने जान-बूझकर अपने बगल वाली सीट खाली छोड़ दी। जब अंजलि क्लास में आई, तो उसने राहुल को देखकर एक प्यारी सी स्माइल दी और ठीक उसी के बगल वाली सीट पर बैठ गई।

अंजलि: "तुम काफ़ी अच्छे से समझते हो। शायद आपके साथ पढ़कर मेरी कोचिंग थोडी आसान हो जाए!"
राहुल (मज़ाक के अंदाज़ में): "ज़रूर! पर मेरी फीस थोड़ी महँगी

है।"

करीब दो महीनों गुजर चुके थे। धीरे-धीरे राहुल और अंजलि की दोस्ती कोचिंग के गलियारों (Corridor) से निकलकर ढेरों बातों और हँसी-मज़ाक तक पहुँच गई थी।

राहुल के लिए अब कोचिंग जाना सिर्फ पढ़ाई का ज़रिया नहीं रह गया था, बल्कि यह अंजलि से मिलने का एक बहाना बन चुका था। लेकिन फिर, अचानक सब कुछ बदल गया।

एक दिन जब अंजलि क्लास नहीं आई, तो राहुल ने सोचा शायद उसकी तबीयत खराब होगी या कोई ज़रूरी काम होगा। पर जब दूसरा, तीसरा और फिर पूरा हफ्ता निकल गया, तो राहुल की बेचैनी अब गहरी चिंता में बदल गई। क्लास में अंजलि की वो खाली सीट राहुल को काटने को दौड़ती थी। सर क्लास में क्या पढ़ा रहे हैं, अब राहुल को उससे कोई लेना-देना नहीं रह गया था।

जैसे-तैसे राहुल के दिन कट रहे थे, पर उसका दिमाग़ हर वक्त अंजलि की उसी खाली सीट पर अटका रहता था। एक हफ्ता और बीत गया—न कोई खबर, न कोई उम्मीद। राहुल ने धीरे-धीरे यह मान लिया था कि शायद अब उनकी मुलाकात कभी नहीं हो पाएगी।

कहते हैं न, किस्मत भी बड़ी कमिनी चीज़ होती है, जो कभी भी बदल सकती है। रात जब राहुल सोने की कोशिश कर रहा था, तभी उसके फोन की स्क्रीन अचानक चमक उठी। एक अनजान (Unknown) नंबर से मैसेज आया था। राहुल ने जल्दी से फोन उठाया, उसे लगा शायद कोई काम का मैसेज होगा।
मैसेज में सिर्फ एक सिम्बल (Symbol) था: "@"।

राहुल को पहले लगा कि शायद किसी ने गलती से भेज दिया है, पर उसके दिल ने कहा कि यह कोई आम मैसेज नहीं है। उसने बिना वक्त गंवाए तुरंत उस नंबर पर कॉल लगा दिया।

दूसरी तरफ दो-चार घंटी बजने के बाद कॉल उठा। फोन के उस पार से एक हल्की सी आवाज़ आई... वही आवाज़ जिसे सुनने के लिए राहुल हर रोज़ कोचिंग में तरस गया था।

अंजलि: "हेलो?"
राहुल (धड़कते दिल के साथ): "अंजलि! तुम... तुम कहाँ हो? इतने दिनों से कहाँ गायब हो?"
अंजलि थोड़ा हड़बड़ा गई। उसे उम्मीद नहीं थी कि राहुल इतनी जल्दी रिस्पॉन्स देगा।

अंजलि (हड़बड़ाते हुए): "ओह... राहुल? वो... सॉरी, वो गलती से मैसेज चला गया था। मैं तो बस अपना फोन चेक कर रही थी।"
राहुल (हैरानी से): "लेकिन आपके पास मेरा नंबर कहाँ से आया? मैंने तो आपको कभी अपना नंबर दिया ही नहीं था।"
अंजलि कुछ पल के लिए खामोश रही, फिर उसकी हल्की सी हँसी सुनाई दी।

अंजलि: "वो... नंबर मैंने आपकी भाभी के फोन से लिया था। एक बार उनके पास बैठी थी, तो चुपके से आपका नंबर निकाल लिया था।"

यह सुनकर राहुल को सब समझ आ गया। उसे अहसास हुआ कि अंजलि ने कभी जताया नहीं, पर वह भी उसके बारे में उतना ही सोचती थी जितना राहुल उसके बारे में। अंजलि ने बताया कि वह कोचिंग इसलिए नहीं आ पा रही थी क्योंकि उसका एडमिशन होम्योपैथिक मेडिकल कॉलेज में होने वाला है, जो राहुल के घर की

तरफ ही था।

फोन रखने से पहले अंजलि ने एक गुजारिश की:
अंजलि: "अगर आप कल फ्री हों, तो मेरे मेडिकल कॉलेज जाइएगा। मेरा नामांकन सूची (Selection List) में नाम आया है कि नहीं, थोड़ा पता करके बताइएगा।"
राहुल ने खुशी-खुशी 'ठीक है' कहा और फोन रख दिया।

अगले दिन राहुल सुबह-सुबह कॉलेज पहुँच गया। वहाँ नोटिस बोर्ड पर भारी भीड़ थी, बहुत गर्मी थी, लेकिन राहुल की आँखें सिर्फ एक ही नाम ढूंढ रही थीं—अंजलि।

वह बार-बार लिस्ट को ऊपर से नीचे देख रहा था, पर कहीं भी वह नाम नज़र नहीं आ रहा था। राहुल को घबराहट होने लगी कि क्या अंजलि का सिलेक्शन नहीं हुआ?

तभी उसकी जेब में फोन बजा। स्क्रीन पर 'अंजलि' का नाम चमक रहा था।
अंजलि: "राहुल, कहाँ हो?"

राहुल (परेशान होकर): "मैं आपके कॉलेज में ही हूँ, पर आपका नाम..."
अंजलि का नाम कहीं नहीं मिल रहा था। तभी फोन पर अंजलि की हँसती हुई आवाज़ आई।

अंजलि (हल्का मुस्कुराते हुए): "राहुल, वहाँ 'अंजलि' मत ढूँढो। मेरा असली नाम, जो डॉक्यूमेंट्स में है, वो अनीषा है। मैं घर पर सबकी अंजलि हूँ, पर कॉलेज के लिए अनीषा!"

यह सुनते ही राहुल की सारी परेशानी दूर हो गई। उसने राहत की

साँस ली और एक बार फिर पूरी ताकत से लिस्ट की तरफ झपटा। इस बार वह 'Anj' नहीं बल्कि 'Ani' अक्षर वाले नाम ढूँढ रहा था।

जैसे ही राहुल ने टॉप-50 की लिस्ट पर नज़र डाली, उसकी आँखें चमक उठीं।
रैंक 1... 2... 3... और ये रहा 4! नाम: अनीषा।

अनीषा ने न सिर्फ़ मेरिट लिस्ट में अपनी जगह बनाई थी, बल्कि वह पूरे कॉलेज के Top Students में से एक थी। राहुल के चेहरे पर एक बड़ी सी मुस्कान आ गई और उसने बिना देर किए तुरंत अंजलि (अनीषा) को फोन लगाया।

राहुल (उत्साह में थोड़ा हाँफते हुए): "अंजलि! ओये अंजलि!"
अंजलि (हँसते हुए): "अरे, इतना चिल्ला क्यों रहे हो? मिल गया नाम?"
राहुल: "मिल गया? अंजलि, आपको पता भी है आपने क्या किया है? आप सिर्फ़ पास नहीं हुई हो, आप पूरे कॉलेज में 4th Rank पर हो!"

फोन की दूसरी तरफ एक पल के लिए सन्नाटा छा गया। फिर एक हल्की सी सिसकी सुनाई दी—वे खुशी के आँसू थे।
अंजलि (भावुक होकर): "सच में राहुल? मुझे यकीन नहीं हो रहा... मैंने मेहनत तो की थी, पर 4th रैंक? मैं बहुत खुश हूँ!"

राहुल: "आज आपकी मेहनत रंग लाई है। वैसे, मुझे अभी भी 'अंजलि' बोलने की आदत है, पर यह 'अनीषा' नाम भी आप पर बहुत जचता है... Intelligent Anisha!"

अंजलि: "राहुल, शुक्रिया... वहाँ मेरे लिए जाने के लिए और मुझे इतनी बड़ी खुशखबरी देने के लिए।"

राहुल: "अरे इसमें शुक्रिया कैसा। चलो, अब आप घर पर सबको बताओ, हम बाद में बात करते हैं।"
अंजलि: "ठीक है, बाय।"

अनीषा (अंजलि) का एडमिशन उसकी शानदार रैंक के हिसाब से होम्योपैथिक मेडिकल कॉलेज में हो गया। अब वह सिर्फ अंजलि या अनीषा नहीं थी, बल्कि एक भविष्य की डॉक्टर बनने की राह पर निकल पड़ी थी। किस्मत का खेल देखिये, अंजलि का कॉलेज राहुल के घर की तरफ था और राहुल का ITI कॉलेज अंजलि के घर की तरफ। इस तरह कुदरत ने दोनों के रास्तों को एक-दूसरे से जोड़ दिया था।

राहुल अपनी साइकिल पर होता और अंजलि अपनी साइकिल से हनुमान मंदिर के मोड़ से गुजरती। यह मुलाकात कोई घंटों की बातचीत नहीं थी, बल्कि सिर्फ कुछ सेकंड्स की एक झलक भर थी।

समय 9:12 AM: राहुल मंदिर के पास पहुँच कर बार-बार अपनी घड़ी देखता। उसका दिल हर बार उसी तरह धड़कता जैसे पहली बार मिला हो।

समय 9:15 AM: दूर से सफेद एप्रन (Apron) पहने अनीषा अपनी साइकिल पर आती हुई दिखती। सफेद एप्रन उसके शरीर पर बेहद खूबसूरत लगता था।

जब दोनों की नजरें मिलतीं, तो बिना कुछ कहे बहुत कुछ कह जातीं। चेहरे पर एक हल्की सी मुस्कान, आँखों में चमक और एक छोटा सा 'Nod' (सर हिलाना) जैसे कह रहा हो— "तुम ठीक हो ना? चलो, आज का दिन अच्छा जाएगा।"

मंदिर की घंटी की आवाज और धूप की पहली अंजलि के बीच उनकी यह रोजाना की मुलाकात किसी इबादत से कम नहीं थी। राहुल के लिए वह 9:15 का वक्त दिन का सबसे जरूरी वक्त बन गया था। अगर कभी अंजलि दो मिनट भी लेट हो जाती, तो राहुल की जान अटक जाती थी, और जैसे ही वह दिखती, उसके चेहरे पर सुकून आ जाता।

अंजलि के लिए भी मेडिकल की मुश्किल पढ़ाई और भारी किताबों के बीच राहुल की वह एक झलक उसे पूरे दिन के लिए हिम्मत दे देती थी। दोनों अपने-अपने सपनों की तरफ बढ़ रहे थे, मगर एक-दूसरे का साथ उनका सबसे बड़ा सहारा था।

राहुल का मन: "सिर्फ तीन मिनट का इंतज़ार और चंद सेकंड्स की वो मुस्कुराहट... पूरे दिन की थकान मिटाने के लिए काफी है।"
अंजलि का मन: "कॉलेज की पढ़ाई कितनी भी कठिन क्यों न हो, मंदिर के पास खड़ा वो चेहरा देख लूँ तो लगता है सब मुमकिन है।"

भाग 4

राहुल के कमरे में अब घना अंधेरा था, बिल्कुल वैसा ही जैसा उसके सपनों के आगे छा गया था। आर्मी की वर्दी पहनने का वो सुनहरा ख्वाब, जिसके लिए वह सुबह 4 बजे उठकर दौड़ता था और दिन-रात मेहनत करता था, सब एक पल में खत्म हो गया जब उसने रिज़ल्ट में अपना नाम नहीं देखा।

पाँच दिन बीत चुके थे। राहुल ने अपना फोन बंद कर रखा था और खाना-पीना भी मुश्किल से कर दिया था। घर वाले दरवाज़ा खटखटाते, पर वह अंदर से कोई जवाब नहीं देता। उसकी आँखें रोने की वजह से सूज गई थीं। उसे लग रहा था कि वह सबकी नज़रों में गिर गया है।

दूसरी तरफ़, अंजलि का बुरा हाल था। वह सोच में डूबी थी कि आजकल राहुल ITI कॉलेज क्यों नहीं आता और उसका फोन भी बंद है। वह मन ही मन सोच रही थी– "शायद वह बीमार तो नहीं पड़ गया? बिना बताए गायब हो जाना उसकी फितरत नहीं है। पक्का राहुल के साथ कुछ गलत हुआ है"।

आठ दिनों का घुटन भरा सन्नाटा तब टूटा जब राहुल ने शाम को गाँव की एक शादी में जाने का फैसला किया। घर वालों को लगा

कि शायद बाहर जाने से उसका मन बदल जाएगा, पर राहुल के दिमाग में आर्मी की नाकामी का काँटा अभी भी चुभ रहा था।

शादी में ढोल-नगाड़े बज रहे थे और सब खुश थे, लेकिन राहुल खुद को अकेला महसूस कर रहा था। वहाँ उसने पहली बार दोस्तों के बहकावे में आकर शराब को हाथ लगाया। एक गिलास, दो गिलास... और फिर दुख का बोझ हल्का होने के बजाय नशा सर चढ़ गया। नशे की धुन में उसने बारातियों के साथ बहुत डांस किया। नाचते-नाचते रात के 1 बज गए।

घर लौटते वक्त राहुल के कदम लड़खड़ा रहे थे। कमरे में आते ही उसने अपना फोन ऑन किया। हजारों नोटिफिकेशन्स आए, पर उसने सीधा फेसबुक खोला और अंजलि की प्रोफाइल ढूँढी। नशे की हालत में राहुल की उंगलियाँ काँप रही थीं, पर दिल का बाँध टूट चुका था।

उसने टाइप करना शुरू किया "अंजलि... आप सोच रही होंगी मैं..." कहाँ हूँ?"

"अंजलि... मैं हार गया। आर्मी की वर्दी मेरा सपना थी, पर मैं फेल हो गया। लोग कहेंगे कि मैं कमजोर हूँ, पर सच तो यह है कि मुझे किसी की परवाह नहीं थी... मैं बस तुम्हारे लिए कुछ बनना चाहता था। मैं तुमसे बहुत प्यार करता हूँ अंजलि। शायद आज होश में होता तो कभी नहीं कहता, पर आज हिम्मत मिल गई है। क्या तुम एक निकम्मा लड़के का साथ दोगी? I love you, Anjali... अगर आपसे शादी नहीं हुई तो जिंदगी भर कुंवारा ही रहूँगा।"

एक के बाद एक, राहुल ने वो सारी बातें लिख दीं जो उसने पिछले दो-तीन महीनों से अपने दिल में दबाकर रखी थीं। मैसेज 'Send' हो गया और राहुल फोन पकड़े-पकड़े ही गहरी नींद में सो गया,

यह बिना जाने कि उसने अपनी जिंदगी का सबसे बड़ा धमाका कर दिया है।

जब सुबह सूरज की पहली किरण राहुल की आँखों पर पड़ी, तो उसका सिर दर्द से फट रहा था। उसने धुंधली आँखों से फोन उठाया और देखा— अंजलि ने मैसेज 'seen' कर लिया है, पर कोई 'reply' नहीं दिया है।

राहुल डर और पछतावे से भर गया। वह अपने पापा के साथ खेतों की सिंचाई करने चला गया। ठंडी हवा और बहता पानी... सब कुछ शांत था, पर राहुल के अंदर तूफान मचा था। दोपहर हो गई, अंजलि का कोई जवाब नहीं आया। तभी अचानक राहुल का फोन बजा— स्क्रीन पर नाम चमक रहा था: Anjali Calling...

राहुल का दिल ज़ोर-ज़ोर से धड़कने लगा। उसके हाथ काँपने लगे। उसने मन ही मन सोचा, "अब क्या बोलूँगा?" कुछ पल रुककर उसने कॉल उठाया।

राहुल (धीमी आवाज़ में): "हेलो..."
अंजलि (शांत लेकिन गंभीर आवाज़ में): "राहुल, कल रात जो मैसेज भेजा था... वो मैंने पढ़ लिया है।"

राहुल चुप हो गया। नशा उतर चुका था और अब हकीकत सामने खड़ी थी।
राहुल (हिम्मत जुटाते हुए): "अंजलि... मैं जानता हूँ, वो मैसेज गलत समय पर भेजा गया। मैंने पी रखी थी, लेकिन जो लिखा था... वो सच था।"

राहुल के दिल की बात सुनने के बाद फोन पर कुछ सेकंड सन्नाटा छाया रहा। सिर्फ़ पानी के बहने और मोटर की आवाज़ सुनाई दे

रही थी। फिर अंजलि की गंभीर आवाज़ आई।

अंजलि: "राहुल, सच बोलने के लिए हिम्मत चाहिए। मुझे थोड़ा वक़्त चाहिए समझने के लिए।"
राहुल (राहत की साँस लेते हुए): "ठीक है अंजलि, जितना वक़्त चाहिए ले लो।"

कॉल कट गई। राहुल आसमान की तरफ देखने लगा। सुबह की मेहनत, पिता का साथ और दिल की सच्चाई—सबने मिलकर उसे अंदर से मज़बूत बना दिया था। उसे नहीं पता था कि आगे क्या होगा, पर उसे इस बात का सुकून था कि सच कहने का बोझ उसके दिल से उतर चुका है।

राहुल चारपाई पर लेटा हुआ रात के अंधेरे में तारों को टुकुर-टुकुर देख रहा था, उसका फोन दोबारा बज उठा। स्क्रीन पर वही नाम चमक रहा था— अंजलि!

राहुल ने घबराहट और उम्मीद के साथ कॉल उठाया।
राहुल: "हेलो..."
अंजलि (गंभीर और भावुक आवाज़ में): "राहुल, मैं आपसे एक बार मिलना चाहती हूँ। कुछ बातें हैं जो मेरी ज़िंदगी से जुड़ी हैं, फोन पर कहना मुश्किल है।"

अचानक मिलने की बात सुनकर राहुल का दिल तेज़ धड़कने लगा। उसने खाली भाव में पूछा, "हाँ... लेकिन कहाँ?" उसका दिमाग काम नहीं कर रहा था क्योंकि गाँव छोटा था और वह नहीं चाहता था कि किसी को शक हो।कुछ पल सोचने के बाद उसने कहा:

राहुल: "रेलवे स्टेशन है... प्लेटफॉर्म संख्या 5! वहाँ सुबह में भीड़ कम रहती है। हम आराम से बात कर पाएंगे और किसी को शक

भी नहीं होगा।"
अंजलि (कुछ देर खामोश रहने के बाद): "ठीक है, मैं वहीं आ जाऊंगी।"

कॉल कट गई। राहुल देर तक फोन को देखता रहा। यह उसकी और अंजलि की पहली (औपचारिक) मुलाकात होने वाली थी। उसके दिल में डर भी था और एक अजीब सी खुशी भी।

अगले दिन सुबह साढ़े 9 बजे राहुल रेलवे स्टेशन पहुँच गया। प्लेटफॉर्म संख्या 5 पर उस समय भीड़ काफी ज्यादा थी और दूर कहीं से ट्रेन की सीटी की आवाज़ आ रही थी। कुछ देर इंतज़ार के बाद उसने अंजलि को अपनी तरफ आते देखा। हल्के रंग का दुपट्टा, चेहरे पर संकोच और आँखों में बहुत कुछ कह जाने वाली खामोशी। दोनों कुछ पल चुपचाप खड़े रहे; यह खामोशी ही उनकी मुलाक़ात की सबसे बड़ी पहचान बन गई।

अंजलि: "राहुल, जो बात मुझे कहनी है... वो मेरी पूरी ज़िंदगी बदल सकती है।"
राहुल (सीधा आँखों में देखते हुए): "जो भी है अंजलि, सच बोलो। मैं सुनने के लिए तैयार हूँ।"

अंजलि ने एक गहरी साँस ली और अपनी आवाज़ को सँभालते हुए कहा: "मुझे एक अजीब सी बीमारी है... जिसे लोग 'सफेद दाग' कहते हैं और इंग्लिश में 'ल्यूकोडर्मा'। इसी वजह से मैं हमेशा डरती रही कि कहीं आप मुझे रिजेक्ट न कर दें।"

उसने धीरे से अपने हाथ आगे बढ़ाए। उसके हाथों, पैरों और पीठ पर छोटे-छोटे सफेद दाग साफ़ दिख रहे थे। उसने अपनी एक फीकी मुस्कुराहट के साथ आगे कहा:

अंजलि: "मेरी हाइट भी छोटी है, मैं सिर्फ़ 4 फुट 11 इंच की हूँ और आप 6 फुट के। ये सब कमियाँ हैं मुझमें। अगर आप इन कमियों के साथ मुझे अपनाना चाहें... तो मैं सच कहूँ राहुल... मैं आपसे प्यार करने लगी हूँ।"

बोलते-बोलते अंजलि की आँखों से एक आँसू गिर पड़ा। उसे डर था कि सच्चाई जानने के बाद राहुल का नज़रिया बदल जाएगा।

अंजलि (सिसकते हुए): "मुझे लगा अगर आपको यह सब बाद में खुद पता चला तो ज्यादा दुःख होगा, इसलिए मैंने सोचा खुद ही सब बता दूँ। आपने मुझे प्रपोज़ भले ही शराब पीने के बाद किया हो... लेकिन वह पल मुझे बहुत अच्छा लगा था।"

स्टेशन का शोर जैसे कहीं दूर चला गया था। अंजलि ने अपनी आँखें झुका ली थीं और वह राहुल के जवाब का इंतज़ार कर रही थी।प्लेटफॉर्म पर चल रही वो हल्की हवा दो जिंदगियों के नए सफर की गवाह बन रही थी।

अंजलि की सारी बातें सुनने के बाद राहुल कुछ देर चुप रहा। वह उसके दर्द को गहराई से समझ रहा था। राहुल के मन में बस एक ही ख्याल आया—इतनी सच्चाई, इतना डर और फिर भी उस पर इतना अटूट भरोसा! थोड़ी देर बाद राहुल ने धीरे से अंजलि का हाथ थाम लिया।

राहुल (शांत लेकिन दृढ़ आवाज़ में): "अंजलि, मुझे आपके सफेद दाग से कोई परेशानी नहीं है, और न ही आपकी हाइट से।"
अंजलि (चौंककर राहुल की तरफ देखते हुए): "सच...?"

राहुल: "हाँ! तुम जैसी हो, मुझे वैसी ही पसंद हो। हर इंसान में कोई न कोई कमी होती है, लेकिन उन कमियों के बावजूद किसी

को अपनाना ही सच्चे इंसान की पहचान है। और वैसे भी... दिल 'हाइट' नहीं देखता, अंजलि!"

राहुल की बातें सुनकर अंजलि की आँखें भर आईं, पर इस बार उनमें डर नहीं, सुकून था। दोनों के बीच एक ख़ामोशी फैल गई, जिसमें बचपन, कॉलेज और सपनों की ढेरों बातें बिना कहे ही समझ ली गईं।

थोड़ी देर बाद राहुल पास की दुकान से कोल्ड ड्रिंक और कुछ स्नैक्स ले आया। दोनों प्लेटफॉर्म की बेंच पर बैठकर साथ-साथ खाने लगे। हवा में हँसी, हल्की शरारत और पहली मोहब्बत की मिठास घुल चुकी थी। जाने का समय आया तो राहुल ने अंजलि की आँखों में आँखें डालकर कहा:

राहुल: "अंजलि, आई लव यू... फॉरएवर (Forever)! मेरा साथ कभी मत छोड़ना।"
अंजलि (चमकती आँखों के साथ): "आई लव यू टू, राहुल। और तुम भी मेरा साथ कभी मत छोड़ना।"
दोनों ने एक-दूसरे को गले लगाय

इसके बाद अंजलि अपने कॉलेज की तरफ चली गई और राहुल अपने रास्ते, लेकिन उनके दिल अब एक-दूसरे के पास थे। अचानक अंजलि रुक गई और दौड़कर वापस राहुल के पास आई।

अंजलि: "आपने उस रात दारू (शराब) क्यों पी थी?"
राहुल: "वो... आर्मी का एग्जाम फेल हो गया था, उसी दुख में।"
अंजलि (राहुल का हाथ पकड़कर): "कोई बात नहीं। अगली बार फिर से मेहनत कीजियेगा, आप जरूर पास हो जाएंगे।"

समय बीतने लगा। कॉलेज के दिन, फोन कॉल्स, मैसेज और छोटी-

छोटी मुलाकातों ने उनके रिश्ते को और भी गहरा कर दिया। अंजलि अब पहले जैसी डरी हुई नहीं थी; राहुल की बातों और प्यार ने उसे खुद से प्यार करना सिखा दिया था।

अंजलि के लिए कुछ खास करने का विचार राहुल के मन में कई दिनों से चल रहा था। उसकी जेब हल्की थी, लेकिन दिल में मोहब्बत बहुत भारी। एक दिन वह शहर की छोटी-सी मगर मशहूर दुकान महियारा ज्वेलर्स पर पहुँचा।

"भैया, ये पायल कितने की है?" राहुल ने धीरे से पूछा।
दुकानदार ने उसे ऊपर से नीचे तक देखा, "तुम्हारे लिए 1200 की।"

राहुल मुस्कुराया, "भैया, इतना तो नहीं है मेरे पास... थोड़ा कम कर दीजिए ना, किसी खास के लिए ले रहा हूँ।"

काफी मोलभाव के बाद पायल और कबूतर-डिज़ाइन वाले छोटे-से झुमके राहुल ने खरीद लिए। पैसे गिनते समय मन ही मन सोच रहा था— "पापा ने जो कोचिंग फीस के लिए दिए हैं... पर अंजलि की मुस्कान के आगे सब कुछ छोटा है।"

अगले दिन वह अंजलि के कॉलेज पहुँच गया। दोपहर का लंच ब्रेक होने ही वाला था। कैंटीन के बाहर खड़ा वह अंजलि का इंतज़ार करने लगा।

अंजलि आई तो उसके चेहरे पर हल्की-सी थकान थी, लेकिन राहुल को देखते ही मुस्कान खिल उठी।
"अरे, तुम यहाँ? बिना बताए?" अंजलि ने आश्चर्य से पूछा।
"सरप्राइज़ देना था," राहुल ने शरारती अंदाज़ में कहा।

दोनों कैंटीन में जाकर एक कोने की बेंच पर बैठ गए। आसपास के कुछ छात्र उन्हें देखकर मुस्कुरा रहे थे। धीरे-धीरे कॉलेज में उनके प्यार की चर्चा होने लगी थी।

राहुल ने जेब से छोटा-सा डिब्बा निकाला।
"अंजलि, आँखें बंद करो।"
"क्यों?"
"अरे, भरोसा नहीं है क्या?"
अंजलि हँस पड़ी, "ठीक है बाबा, कर ली बंद।"
राहुल ने धीरे से झुमके और पायल उसके हाथों में रख दिए।
"अब खोलो।"
अंजलि ने आँखें खोलीं, जैसे ही उसकी नजर गहनों पर पड़ी, उसकी आँखें चमक उठीं।
"राहुल... ये मेरे लिए?"
"हाँ, मेरी मोहब्बत की निशानी," राहुल ने धीमे स्वर में कहा।
अंजलि की आँखों में नमी आ गई। "तुम्हें पता है, मुझे पायल कितनी पसंद है... पर तुमने पैसे कहाँ से—"
राहुल ने बात काट दी, "बस समझ लो, तुम्हारी मुस्कान खरीदने के लिए जितना भी देना पड़े, कम है।"

अंजलि ने झट से उसका हाथ पकड़ लिया, "ऐसा दोबारा मत करना... मुझे चीज़ें नहीं, तुम्हारा साथ चाहिए।"

थोड़ी देर बाद अंजलि ने अपना टिफिन खोला।
"देखो, आज मैं घर से पराठे और आलू की भुजिया लाई हूँ।"
गरम-गरम पराठों की खुशबू से कैंटीन महक उठी। राहुल ने एक कौर तोड़ा और सब्ज़ी के साथ मुँह में रखा। अगले ही पल उसका चेहरा लाल पड़ गया।
"क्या हुआ?" अंजलि घबरा गई।
राहुल ने जल्दी से कहा, "बहुत तीखा है!"

"अरे! सच में?"
"मैं... मैं तीखा नहीं खाता, और सब्ज़ी भी कम ही खाता हूँ," उसने हँसते हुए कहा, "पर तुम्हारे साथ बैठा था, तो सोचा कुछ न खाऊँगा तो बुरा लगेगा।"
अंजलि ने तुरंत पानी की बोतल निकाली।
"लो, पानी पियो।"
राहुल ने पानी पिया और राहत की साँस ली।
अंजलि ने हल्की नाराज़गी में कहा, "तो पहले क्यों नहीं बताया?
राहुल मुस्कुराया, "तुम्हारे हाथ का बना था... कैसे मना करता?"
अंजलि ने स्नेह से कहा, "ठीक है, आज के बाद तुम्हारे लिए अलग से कम मिर्च वाली सब्ज़ी बनाऊँगी।"
"पक्का?"
"हाँ, पक्का।"
दोनों हँस पड़े।

उधर कैंटीन के दूसरे कोने से कुछ लड़कियाँ फुसफुसा रही थीं—

"देखो-देखो, यही है राहुल... जो रोज़ अंजलि से मिलने आता है।"
"सच में, कितना केयर करता है उसके लिए।"
राहुल ने उन आवाज़ों को सुना, पर अनसुना कर दिया।
"अंजलि, लोग कुछ भी कहें... तुम्हें फर्क पड़ता है?"
अंजलि ने दृढ़ आवाज़ में कहा, "जब तक तुम मेरे साथ हो, मुझे किसी की परवाह नहीं।"
उस पल राहुल को लगा जैसे सारी दुनिया उसकी मुट्ठी में है। हवा में हल्की-सी ठंडक थी, लेकिन उनके बीच का प्यार गर्माहट से भरा था।

अंजलि ने धीरे से पायल अपने बैग में रख ली और झुमके कानों में पहन लिए।
"कैसे लग रहे हैं?" उसने मुस्कुराकर पूछा।

राहुल कुछ क्षण उसे देखता रह गया।
"सच कहूँ? जैसे चाँद ने खुद को तुम्हारे कानों में सजा लिया हो।"
अंजलि शरमा गई।
"बस-बस, अब ज्यादा तारीफ मत करो।"
लंच ब्रेक खत्म होने की घंटी बजी। अंजलि उठी।
"चलती हूँ, क्लास है।"

राहुल ने कहा, "ठीक है... पर एक बात याद रखना, ये गहने नहीं, मेरा भरोसा हैं।"
अंजलि ने उसकी ओर देखा, "और तुम मेरे लिए दुनिया की सबसे कीमती चीज़ हो।"
वह चली गई, और राहुल उसे जाते हुए देखता रहा।

भाग 5

राहुल का 18वाँ जन्मदिन था। यह उसके और अंजलि के प्यार के बाद आने वाला पहला जन्मदिन था। दिल में खुशी भी थी और एक मीठी सी बेचैनी भी।

शाम ढलते ही अंजलि का फ़ोन आया। उसकी आवाज़ में कुछ अलग ही बात थी—थोड़ी घबराहट, थोड़ी उत्सुकता और बहुत सारा अपनापन।

अंजलि: "राहुल, आज रात मेरे नानी के घर आ जाओ। सब लोग बाहर गए हैं; मैं अकेली हूँ। आज आपका जन्मदिन यहीं मनाएँगे।"

राहुल का मन कह रहा था—चले जाओ, पर दिमाग डर दिखा रहा था— "अगर किसी ने देख लिया तो? बात बढ़ गई तो?" लेकिन प्यार कभी-कभी डर से बड़ा हो जाता है। थोड़ी हिम्मत जुटाकर राहुल निकल पड़ा। रात की खामोशी जैसे इस मुलाकात की गवाह बन रही थी।

दरवाज़ा खुला। सामने अंजलि खड़ी थी—सादगी सी, लेकिन बेहद खूबसूरत। उसकी हाथों में एक छोटा सा केक।
अंजलि: "जन्मदिन मुबारक हो, राहुल!" (उसने धीरे से कहा)

उस पल राहुल सब कुछ भूल गया—डर, दुनिया, लोग। सिर्फ अंजलि और वह पल। मोमबत्तियाँ जलीं, केक कटा, और दोनों की हँसी उस सूने घर को भरने लगी। बातें चलती रहीं—बीते दिनों की, आने वाले सपनों की और उस प्यार की जो धीरे-धीरे गहरा होता जा रहा था।

रात और गहरी हो गई। बातें कम होने लगीं, एहसास बोलने लगे। अंजलि ने चुपचाप अपना सिर राहुल के कंधे पर रख दिया। राहुल ने उसका हाथ थाम लिया। यह कोई जल्दबाज़ी नहीं थी, कमरे में हल्की सी रोशनी थी, और उस रोशनी में उनकी साँसें एक-दूसरे से बात करने लगीं। शब्द कहाँ खो गए। आँखें मिलीं, पल भर को ठहरीं, और फिर झुक गईं—पर उस झुकाव में भी सब कुछ कह दिया गया।

अंजलि की आँखों में एक भरोसा था, और राहुल की आँखों में एक गहरा अपनापन। उस पल दोनों को लगा जैसे दिलों की धड़कनें एक ही लय में चलने लगी हों।.

नज़दीकियाँ बढ़ती गईं। साँसों की गर्माहट महसूस होने लगी। एक पल ऐसा आया जब दो दिल इतने पास थे कि दूरी नाम की कोई चीज़ बची ही नहीं। वह पल बेहद कोमल था—जहाँ एहसासों ने राह दिखाई और भरोसे ने हाथ थामे रखा। उस रात उन्होंने सिर्फ शरीर की नहीं, बल्कि आत्मा की नज़दीकी को भी छुआ। डर, संकोच और सारी सीमाएँ वहीं पीछे छूट गईं। दोनों ने खुद को पूरी सच्चाई के साथ एक-दूसरे के हवाले कर दिया—बिना शर्त, बिना डर।

वह रात सिर्फ जन्मदिन की नहीं थी—वह पहली बार पूरी तरह अपना होने की थी, पूरी तरह किसी का हो जाने की थी, और उस प्यार की थी जो शब्दों में नहीं, सिर्फ एहसासों में ज़िंदा रहता है।

कुछ पल ऐसे होते हैं जो यादों में तस्वीर बनकर नहीं रहते—वे दिल में धड़कन बनकर बस जाते हैं।

सुबह की हल्की किरण जब अंजलि के घर की खिड़की से भीतर आई, तो राहुल की आँख खुली। रात अब याद बन चुकी थी लेकिन उसका असर अब भी दिल पर था। वह चुपचाप उठा, अंजलि को एक आखिरी नज़र देखा—उस चेहरे पर सुकून था—और बिना कोई शोर किए घर से निकल पड़ा।

राहुल के अपने घर पहुँचते ही माहौल बदला हुआ था। जैसे ही राहुल ने घर का दरवाज़ा खोला, सामने माँ खड़ी थीं। चेहरा गुस्से और चिंता से लाल था।

माँ: "पूरी रात कहाँ थे तुम? फोन बंद, कोई खबर नहीं! तुम्हें अंदाज़ा भी है कि घर में सब कितने परेशान थे?"
राहुल खामोश खड़ा रहा। माँ की डाँट उसके कानों में पड़ रही थी, लेकिन उसके मन में अंजलि की मुस्कान तैर रही थी।

माँ (थोड़ा सख्त लहजे में): "मैं कुछ पूछ रही हूँ राहुल! क्या चल रहा है यह सब?"
राहुल (धीमी और शांत आवाज़ में): "सॉरी माँ... बस दोस्तों के साथ रुक गया था।"

माँ: "आगे से ऐसा नहीं होना चाहिए। अपनी ज़िम्मेदारी समझो।"
राहुल (सिर झुकाते हुए): "ठीक है माँ, अब नहीं होगा।"

कमरे में आकर उसने गहरी साँस ली। शीशे के सामने खड़ा हुआ तो वही चेहरा था, लेकिन आँखों में कुछ नया था—एक ठहराव, एक परिपक्वता। जैसे ज़िंदगी ने रातों-रात उसे थोड़ा और बड़ा कर दिया हो। राहुल कॉलेज जाने के लिए तैयार होने लगा। शर्ट के

बटन लगाते हुए, जूते पहनते हुए—हर छोटी चीज़ में अंजलि की याद शामिल थी। उसका मुस्कुराना, उसकी आँखें, और वह खामोश भरोसा—सब साथ चल रहा था।

फ़ोन ऑन किया तो अंजलि का छोटा सा मैसेज था—
"ध्यान रखना... और मुस्कुराते रहना।" तुम्हारी अंजलि!

उस रात के बाद जैसे वक्त ठहर सा गया था। अंजलि की खामोशी राहुल को अंदर ही अंदर खाए जा रही थी। दो दिन बीत चुके थे—न अंजलि कॉलेज आई, न उसने राहुल का कोई फोन उठाया। जब भी राहुल का नंबर स्क्रीन पर चमकता, अंजलि धड़कते दिल के साथ कॉल काट देती। वह अपनी ही नजरों में गुनहगार महसूस कर रही थी।

तीसरे दिन सुबह, हनुमान मंदिर के पास जब दोनों का सामना हुआ, तो अंजलि ने अपनी नजरें फेर लीं। राहुल उसे जाते हुए देखता रहा, उसके मन में बस एक ही सवाल था— "क्या वो रात वाकई हमारे बीच एक दीवार बन गई है?"

दोपहर के लंच का समय था। राहुल से अब और रहा नहीं गया। वह सीधा अंजलि के कॉलेज की कैंटीन पहुँच गया। अंजलि एक कोने में अकेली बैठी थी। राहुल धीरे से उसके पास गया और उसके बगल वाली कुर्सी खींचकर बैठ गया।

राहुलः (धीमी आवाज में) "अंजलि... कब तक भागोगी? आखिर मेरी गलती क्या है? क्यों नजरें चुरा रही हो?"
अंजलि की आँखों में आँसू छलक आए। उसने बिना राहुल की तरफ देखे रुंधे गले से कहा।

अंजलिः "राहुल, उस रात जो हुआ... वो नहीं होना चाहिए था। हर

लड़की का एक सपना होता है कि उसे कोई तभी छुए जब उसकी शादी हो जाए। मुझसे अनजाने में ये पाप हो गया है। मैं तुमसे नजरें मिलाने के काबिल नहीं रही।"

राहुल का दिल पसीज गया। उसने बड़े प्यार से अपना हाथ अंजलि के सिर पर रखा और उसे अपनी छाती से सटा लिया।

राहुल: "पगली, जिसे तुम पाप कह रही हो, वो हम दोनों की मर्जी और प्यार था। और वैसे भी, हम एक-दूसरे से प्यार करते हैं, शादी भी करेंगे। फिर इतना क्यों सोच रही हो?"

अंजलि: "क्या तुम सच में मुझसे शादी करोगे? क्या तुम मुझे गलत नहीं समझते?"
राहुल: "कभी नहीं अंजलि!"
अंजलि: "तो खाओ मेरे सिर की कसम! कहो कि तुम सिर्फ मुझसे ही शादी करोगे।"
राहुल ने बिना एक पल गंवाए उसके सिर पर हाथ रखकर गंभीरता से कहा, "तुम्हारे सिर की कसम अंजलि, तुम ही मेरी पत्नी बनोगी।"

राहुल की कसम ने अंजलि के मन का सारा बोझ उतार दिया। उसके चेहरे पर हल्की सी मुस्कान लौट आई।
अंजलि: "पता है, मैं बस इसीलिए डर रही थी कि तुम मेरे बारे में क्या सोचोगे। कि शादी से पहले ही हमने वो सब..."

राहुल: (बात काटते हुए) "अरे बस भी करो! मैं तुमसे प्यार करता हूँ, तुम्हारी इज्जत करता हूँ। अब ये उदासी छोड़ो।"
अचानक राहुल ने शरारत से अंजलि की कमर पर एक चुटकी काट ली।
अंजलि: "ऊई! बदमाश... इतना प्यार उमड़ रहा है?"

उसने राहुल के कंधे पर दो छोटे-छोटे मुक्के जड़े।
अंजलि: "अगर इतनी ही चिंता थी, तो दो दिन से घर क्यों नहीं आए मनाने?"
राहुल: (हंसते हुए) "अरे, मैं आ तो जाता, पर भाभी देख लेतीं तो सारा भांडा फूट जाता!"
दोनों खिलखिलाकर हंस पड़े।

राहुल: "यार, बहुत भूख लगी है। आज फिर वही तीखी सब्जी लाई हो क्या?"
अंजलि: "ज्यादा मजाक मत उड़ाओ समझे! अब जिंदगी भर मेरे ही हाथ का खाना खाना है।"

राहुल: (हाथ जोड़कर) "जी, बिल्कुल मेरी धर्मपत्नी जी!"
अंजलि ने टिफिन खोला और एक निवाला बनाकर राहुल के मुँह की ओर बढ़ाया।
राहुल: "अरे, मैं खुद खा लूँगा, मेरे हाथ सलामत हैं।"
अंजलि: (एक और मुक्का मारते हुए) "चुपचाप खाओ! खाना खाने का ढंग तो है नहीं, जितना मुँह में जाता है उससे ज्यादा नीचे गिराते हो। खुशकिस्मत वालों को ऐसी बीवी मिलती है जो हाथ से खिलाए।"

राहुल चुपचाप छोटे बच्चे की तरह खाने लगा। अचानक उसने तीखा लगने का नाटक किया।
राहुल: "उफ़! कितनी मिर्ची है... पानी!"

अंजलि घबराकर पानी पिलाने लगी, तभी राहुल जोर से हंस पड़ा। अंजलि समझ गई कि वह मजाक कर रहा था। अब बारी राहुल की थी, उसने भी अंजलि को अपने हाथों से खिलाया।

प्यार का आलम तो यह था कि राहुल अक्सर अंजलि के मुँह से चबाया हुआ निवाला भी छीनकर खा लेता था।
राहुल: "पता है अंजलि, तुम्हारे मुँह के अंदर वाली रोटी ज्यादा स्वादिष्ट लगती है। इसमें तुम्हारा प्यार जो घुल जाता है।"

वह अक्सर अंजलि को चॉकलेट खिलाता और फिर वही आधी चॉकलेट उसके मुँह से निकालकर खुद खा लेता।
अंजलि: "ये क्या गंदी आदत है राहुल?"
राहुल: (मुस्कुराते हुए) "गंदी नहीं, जादुई आदत है। चॉकलेट तुम्हारे मुँह में जाने के बाद कुछ ज्यादा ही मीठी हो जाती है।"

अंजलि बस उसे 'बदमाश' कहकर शर्मा जाती। उसे अहसास हो गया था कि जो इंसान उसका झूठा तक इतने चाव से खा सकता है, वो उसे कभी अकेला नहीं छोड़ेगा।

विजयदशमी की आहट हवाओं में घुल चुकी थी। चारों तरफ पंडाल सज रहे थे, अंजलि ने सामान पैक कर लिया था। उसे अपने मम्मी-पापा के घर 'सोनापुर' जाना था।

"राहुल, मैं कल सुबह निकल जाऊंगी। अब दशहरे के बाद ही मुलाकात होगी," अंजलि ने उदास मन से कहा। "मम्मी ने बुलाया है, और फिर मुझे नौ दिन के व्रत भी रखने हैं।"

राहुल का चेहरा उतर गया। उसने अंजलि का हाथ थामकर कहा, "15 दिन? अंजलि, 15 दिन बिना तुम्हें देखे कैसे कटेंगे? एक दिन भी बात न हो तो जी घबराने लगता है।"

अंजलि ने मुस्कुराकर उसके गाल थपथपाए। उसने अपने पर्स से एक पासपोर्ट साइज फोटो निकाली और राहुल की हथेली पर रख दी। "यह लो। यह वही फोटो है जो अदिति और टीना को आई-कार्ड

के पीछे मिली थी। जब भी तुम्हारा मन करे, इसे देख लेना। मैं हमेशा तुम्हारे पास रहूँगी।"

राहुल ने उस छोटी सी तस्वीर को अपनी जान से ज्यादा कीमती समझकर अपने बटुए (पर्स) में संभाल लिया। अंजलि चली गई, जुदाई के 10 दिन पहाड़ जैसे बीते। राहुल का मन न काम में लग रहा था, न किसी और चीज़ में। उसे बस अंजलि को एक बार अपनी आँखों से देखना था। अचानक उसके दिमाग में एक फिल्मी लेकिन जबरदस्त प्लान आया।

उसने शहर की मंडी से ढेर सारी रंग-बिरंगी चुनरियाँ और माता रानी की तस्वीरें खरीदीं। साथ ही, उसने अंजलि के लिए एक बेहद खूबसूरत कृष्ण की मूर्ति ली, जिसे वह उसे तोहफे में देना चाहता था। उसने एक ठेला किराए पर लिया और निकल पड़ा सोनापुर की ओर।

सोनापुर की गलियों में 'चुनरी ले लो' की आवाज सोनापुर की गलियों में 'चुनरी ले लो' की आवाज लगाता फिरता आगे बढ़ता जा रहा था।

धूप तेज थी, पर राहुल का इरादा पक्का। वह अंजलि के घर वाली गली में पहुँचा और जोर-जोर से चिल्लाने लगा— "चुनरी ले लो... माँ दुर्गा की चुनरी ले लो! सजी-धजी फोटो ले लो!"

अंजलि अपने घर के आँगन में बैठी थी, तभी एक जानी-पहचानी आवाज उसके कानों से टकराई। 'यह आवाज? नहीं, यह मुमकिन नहीं है... राहुल यहाँ कैसे?'

वह दौड़कर बाहर आई। सामने पुराने कपड़े पहने, सिर पर गमछा लपेटे राहुल खड़ा था। अंजलि ने जैसे ही उसे पहचाना, उसकी हंसी

फूट पड़ी। वह उसके करीब आई और मजे लेते हुए बोली, "क्यों भाई साहब, यह चुनरी कितने की है? और यह फोटो?"

राहुल ने अपनी टोपी थोड़ी नीचे की और दबी जुबान में बोला, "चुनरी की कीमत तो तुम्हें चुकानी ही होगी अंजलि। बहुत महंगा सौदा है यह।"

अंजलि खिलखिलाकर हँसी और धीरे से फुसफुसायी, "तो मुझसे मिलने के लिए यह सब नौटंकी की है आपने? मानना पड़ेगा राहुल जी, प्यार में इतना तो पापड़ बेलना ही पड़ता है!"

राहुल ने कहा, "अंजलि, तुम्हारे घर पहली बार आया हूँ, कम से कम पानी तो पिला दे पागल! गला सूख गया है चिल्लाते-चिल्लाते।"

अंजलि अंदर गई और लोटे में ठंडा पानी लेकर आई। उसने अपनी माँ की नजरों से बचकर एक चुनरी और एक फोटो का सौदा किया ताकि पड़ोसियों को शक न हो। तभी राहुल ने ठेले के कोने से वह कृष्ण भगवान की मूर्ति निकाली और चुपके से अंजलि को पकड़ा दी।

"यह तुम्हारे लिए मेरा छोटा सा गिफ्ट है,"
अंजलि ने कहा, "पागल हो तुम! अब यहाँ से जाओ, तुम्हें भूख लगी होगी, किसी होटल में खा लेना। मैं यहाँ तुम्हें खिला नहीं सकती, वरना घर वालों को शक हो जाएगा। देख लिया न मुझे? अब मेरा दिल भी मान गया।"

राहुल ने शरारत से मुस्कुराते हुए कहा, "इतनी दूर से आया हूँ, कम से कम एक 'किस' तो दे दो अंजलि!"
अंजलि ने अपनी ओढ़नी से चेहरा ढका और कहा, "भागो यहाँ से!

वरना भाई को बुला दूँगी।" वह हंसते हुए अंदर भाग गई। राहुल ने फिर से अपना ठेला उठाया और जोर से आवाज लगाई— "चुनरी ले लो... फोटो ले लो!" और गली के मोड़ पर ओझल हो गया।

राहुल और अंजलि की ज़िंदगी में सब कुछ बहुत सुकून से चल रहा था। हर दिन थोड़ी-थोड़ी खुशी थी और भविष्य को लेकर ढेरों उम्मीदें। वे दोनों साधारण थे, जिनके सपने कोई बहुत बड़े नहीं थे। वे बस इतना चाहते थे कि एक-दूसरे का हाथ थामे रहें और ज़िंदगी की गाड़ी इसी तरह आगे बढ़ती रहे।

लेकिन कहते हैं न, जब इंसान बहुत ज्यादा खुश होने लगे, तो ऊपरवाला भी उसे आज़माता है, या फिर शायद किसी की नज़र लग जाती है। आज तक यह समझ नहीं आया कि वह कुदरत का इम्तिहान था या किसी की बदुआ, पर जो कुछ भी हुआ उसने उनकी हंसती-खेलती ज़िंदगी को झकझोर कर रख दिया।

उस दिन की सुबह भी आम दिनों की तरह ही बिल्कुल साफ थी। सूरज वैसे ही उगा था और चिड़ियाँ चहचहा रही थीं। राहुल और अंजलि फोन पर लंबी बातें कर रहे थे—हल्की-फुल्की बातें, भविष्य के छोटे-छोटे सपने। तभी अचानक राहुल के घर से फोन आया। दूसरी तरफ से घबराई हुई आवाज़ गूँजी:

मां : "राहुल, जल्दी घर आओ... पापा की तबीयत बहुत खराब हो गई है!"

यह सुनते ही राहुल के हाथ से मोबाइल गिरते-गिरते बचा। उसे विश्वास नहीं हो रहा था। उसके पापा, जो हमेशा मज़बूत रहे और कभी बीमार नहीं पड़े, आज अचानक उन्हें क्या हो गया? राहुल बिना कुछ सोचे-समझे घर की ओर भागा। रास्ते भर वह बस यही

दुआ करता रहा:

राहुल (मन में): "हे भगवान, मेरे पापा को कुछ मत होने देना।

पापा को कटिहार मेडिकल हॉस्पिटल में भर्ती कराया गया। संयोग की बात यह थी कि यह अस्पताल अंजलि की नानी के घर के बिल्कुल बगल में था। जैसे ही अंजलि को यह बात पता चली, वह बेचैन हो गई। अपने परिवार को बिना कुछ बताए, वह सुबह-सुबह राहुल के लिए नाश्ता लेकर अस्पताल पहुँच गई।

अंजलि का दिल बहुत साफ़ है, लेकिन वह बड़ों के सामने थोड़ी डरपोक भी है। जब उसे पता चला कि राहुल के पापा ICU वार्ड में हैं, वह घबराते हुए राहुल के पास आई, उसके हाथ में नाश्ता थमाया और धीमी आवाज़ में बोली:

अंजलि: "राहुल, मैं पापा जी के सामने नहीं जा पाऊँगी... मुझे बहुत डर लग रहा है। मैं उन्हें दूर से ही देख लूँगी।"

राहुल ने अंजलि की आँखों में देखा; वहाँ डर तो था, पर उससे कहीं ज़्यादा अपनापन और राहुल के परिवार के लिए चिंता थी। अंजलि पापा के बेड से थोड़ी दूरी पर खड़ी हो गई। वह बस दूर से ही उन्हें देखती रही। उसकी आँखों में पानी भर आया था, लेकिन अपने आंसुओं को पोंछते हुए उसके होंठों पर हौसले की एक मुस्कान थी—वह मुस्कान जो राहुल को यह भरोसा दिला रही थी कि सब ठीक हो जाएगा।

अंजलि: "आप टेंशन मत लो राहुल... भगवान सब अच्छा करेंगे।"

उसके शब्दों में इतना सुकून था कि राहुल का डर कुछ पल के लिए शांत हो गया। लेकिन यह शांति ज्यादा देर नहीं टिकी। तभी केबिन

से डॉक्टर बाहर आए और जो उन्होंने कहा, उसे सुनकर राहुल की रूह कांप गई।

डॉक्टर: "इनको हार्ट अटैक आया है। हालत गंभीर है। यहाँ सही इलाज नहीं हो पाएगा, इन्हें तुरंत पटना PMCH रेफर करना पड़ेगा।"

राहुल के पैरों तले जमीन खिसक गई। 'हार्ट अटैक'—ये शब्द कानों में हथौड़े की तरह बज रहे थे। उसने धुंधली आँखों से बेड पर लेटे पापा को देखा; आँखें बंद थीं और सांसें भारी। उसके मन में हजारों सवाल चीख रहे थे– अगर पापा को कुछ हो गया तो माँ का क्या होगा? घर का क्या होगा? और मैं... मैं कैसे जीऊँगा?

कटिहार से पटना तक का वो एम्बुलेंस का सफर राहुल की जिंदगी का सबसे लंबा और डरावना सफर था। एम्बुलेंस के सायरन की आवाज़, मशीनों की बीप और पीछे बैठी माँ की सिसकियाँ—सब मिलकर उसके दिल को चीर रहे थे।

इस पूरे रास्ते में अंजलि किसी ढाल की तरह उसके साथ फोन पर जुड़ी रही।
अंजलि (फोन पर): "कैसे हैं पापा जी अब? राहुल, क्या आपने कुछ खाया? हिम्मत रखना, मैं हूँ न।"

वह खुद दूर थी, लेकिन उसका साथ हर पल राहुल के महसूस हो रहा था।

आखिरकार एम्बुलेंस PMCH पहुँची और पापा को तुरंत भर्ती किया गया। राहुल बाहर बेंच पर बैठा हाथ जोड़कर बस एक ही रट लगाए था– "मेरे पापा को ठीक कर दो भगवान।"

काफी देर बाद जब डॉक्टर बाहर आए, तो राहुल डरते-डरते उनके पास खड़ा हुआ। डॉक्टर ने जो कहा, उसने राहुल को सुन्न कर दिया।

डॉक्टर: "इनको हार्ट अटैक नहीं है। इनकी हालत अभी स्टेबल (स्थिर) है। आप इन्हें यहाँ से ले जा सकते हैं।"
राहुल को अपनी कानों पर यकीन नहीं हुआ। उसे लगा शायद उसने गलत सुन लिया है।
राहुल (हकलाते हुए): "डॉक्टर साहब... कटिहार में कहा गया था कि हार्ट अटैक है!"
डॉक्टर (शांत स्वर में): "गलत डायग्नोसिस हुआ था। घबराने की ज़रूरत नहीं है।"

उस पल राहुल की आँखों से मोटे-मोटे आँसू बह निकले। ये आँसू डर के नहीं, बल्कि राहत के थे। उसने वहीं अस्पताल की जमीन पर बैठकर माथा टेका और भारी मन से कहा "धन्यवाद भगवान... शुक्रिया!"

पटना से मिली राहत भरी खबर के बाद राहुल ने सबसे पहला काम अंजलि को फोन करने का किया। उसकी आवाज़ खुशी के मारे कांप रही थी।

राहुल: "अंजलि... पापा को हार्ट अटैक नहीं आया है! डॉक्टर ने मना कर दिया है, वो ठीक हैं!"
फोन की दूसरी तरफ से भी सिसकियों की आवाज़ आई, लेकिन ये सिसकियाँ अब सुकून की थीं।

अंजलि: "मैं जानती थी राहुल... भगवान हमारे साथ हैं। पापा जी जल्दी ही बिल्कुल ठीक हो जाएंगे।"

राहुल को उस दिन समझ आया कि जिंदगी सिर्फ हंसी-खुशी का नाम नहीं है। कभी-कभी एक पल में सब कुछ बदल जाता है। ऐसे वक्त में अगर किसी का सच्चा साथ मिल जाए, तो अंधेरे में भी उजाला दिखने लगता है। अंजलि ने बिना किसी स्वार्थ और दिखावे के हर कदम पर राहुल का साथ दिया था। भले ही वह पापा के सामने जाने से डर गई थी, लेकिन दिल से उसने उन्हें अपना मान लिया था।

पटना से पिता को लेकर राहुल जैसे-तैसे कटिहार वापस आ गया। उसे लगा था कि अब सब ठीक हो जाएगा और जिंदगी फिर से पटरी पर लौट आएगी। लेकिन किस्मत को कुछ और ही मंजूर था।

अभी दो दिन भी पूरे नहीं हुए थे कि अचानक पापा की तबीयत फिर से बिगड़ने लगी। उनके सीने में तेज दर्द उठा, सांसों की रफ्तार बिगड़ गई और चेहरे पर एक अजीब सी बेचैनी छा गई। राहुल बुरी तरह घबरा गया।

बिना समय गंवाए वह उन्हें पूर्णिया के होप हॉस्पिटल ले गया। अस्पताल पहुँचते-पहुँचते राहुल का दिल ज़ोर-ज़ोर से धड़क रहा था। डॉक्टरों ने स्थिति देखते ही पापा को तुरंत ICU में शिफ्ट कर दिया।

राहुल बाहर गलियारे में अपनी माँ का कांपता हुआ हाथ थामे खड़ा था। कुछ देर बाद डॉक्टर बाहर आए, उनकी आँखों में इस बार गहरी गंभीरता थी। उन्होंने धीमी और भारी आवाज़ में कहा:

डॉक्टर: "इन्हें हार्ट अटैक आया है। अभी हालात बहुत नाजुक हैं। अगले 48 घंटे तक हम कुछ पक्का नहीं कह सकते।"

यह डर उसने पटना में पीछे छोड़ा था, वह अब हकीकत बनकर

सामने खड़ा था। माँ की आँखों से आंसू रुकने का नाम नहीं ले रहे थे। राहुल खुद को मजबूत दिखाने की कोशिश कर रहा था, लेकिन अंदर ही अंदर वह टूट चुका था।

वह ICU के कांच के बाहर खड़ा होकर अपने पिता को देख रहा था—वही पिता, जिनके कंधों पर उसने बचपन से भरोसा रखा था, आज बिस्तर पर बेबस लेटे थे।

समय जैसे ठहर सा गया था। अस्पताल की मशीनों की 'बीप-बीप' की आवाज़ राहुल के दिल पर हथौड़े की तरह पड़ रही थी। डॉक्टर बाहर आए और उन्होंने राहुल को अंदर बुलाया।

राहुल जब ICU के अंदर पहुँचा, तो देखा कि पापा होश में थे, लेकिन बेहद कमज़ोर। उनकी आँखों के कोर से आँसू बहकर तकिए पर गिर रहे थे। उन्होंने कांपती हुई आवाज़ में राहुल का हाथ थाम लिया।

पापा: "बेटा... लगता है मैं तुम्हें और तुम्हारी माँ को बीच सफर में छोड़कर जा रहा हूँ।"
राहुल (पापा का हाथ कसकर पकड़ते हुए): "नहीं पापा! आप ऐसा मत कहिए... आप बिल्कुल ठीक हो जाएंगे। हम घर चलेंगे।"
लेकिन पापा शायद सब समझ चुके थे। उन्होंने रोते हुए अपनी आखिरी इच्छाएँ राहुल के सामने रखीं।

पापा: "अब तुम ही घर की ज़िम्मेदारी संभालना। अपने भाई-बहनों का ख्याल रखना। और हाँ... तुम्हारी दीदी की शादी किसी सरकारी नौकरी वाले से ही करना, यही मेरी आखिरी इच्छा है।"

इतना कहते-कहते उनकी सांसें और भारी हो गईं। उन्होंने एक बार फिर राहुल की तरफ देखा।

पापा: "तू जल्दी से नौकरी ले लेना बेटा... अपनी माँ को कभी अकेला मत छोड़ना। उसका सहारा बनना।"

पापा के ये शब्द राहुल के दिल में तीर की तरह उतर गए। पास खड़ी माँ का आँचल आँसुओं से भीग चुका था। पूरे अस्पताल में उस पल सिर्फ दर्द और बेबसी की खामोशी थी।

अगले ही दिन, अभी पूरे 24 घंटे भी नहीं बीते थे कि डॉक्टरों ने बाहर आकर सिर झुका लिया। राहुल सब समझ गया। उसके कानों में जैसे वह भयानक आवाज़ गूँजने लगी— "अब वो नहीं रहे।"

राहुल की दुनिया उजड़ चुकी थी। जिस पिता ने उसे चलना सिखाया, सही-गलत का फर्क समझाया, आज वही हमेशा के लिए इस दुनिया को छोड़ गए थे। राहुल अपनी माँ के गले लगकर फूट-फूटकर रोता रहा।

अब वह सिर्फ एक बेटा नहीं रह गया था, वह घर का एकमात्र सहारा बन चुका था। आँसुओं के बीच उसने मन ही मन कसम खाई:

राहुल (मन में): "पापा, मैं आपकी हर इच्छा पूरी करूँगा। मैं माँ का ख्याल रखूँगा, भाई-बहनों की ज़िम्मेदारी निभाऊँगा और आपकी दी हुई सीख को कभी नहीं भूलूँगा।"

उस दिन राहुल ने सिर्फ अपने पिता को नहीं खोया था, बल्कि अपना बचपन, अपनी बेफिक्री और अपनी ढाल—सब कुछ खो दिया था।

जब एम्बुलेंस पापा के पार्थिव शरीर को लेकर राहुल के घर पहुँची, तो जैसे पूरा गाँव वहीं थम गया। घर के बाहर लोगों की भारी भीड़ जमा हो गई थी। आस-पड़ोस में हर तरफ मातम छाया हुआ था;

किसी के मुँह से शब्द नहीं निकल रहे थे, बस रोने की सिसकियाँ सुनाई दे रही थीं।

जैसे ही एम्बुलेंस का दरवाज़ा खुला, राहुल की माँ बेसुध होकर ज़मीन पर बैठ गईं। छोटे भाई-बहन बिलख-बिलख कर रोने लगे। कोई पापा के पैर पकड़कर रो रहा था, तो कोई उनके सीने से लगकर अपनी किस्मत को कोस रहा था। छोटे भाई ने सुबकते हुए राहुल का हाथ पकड़ा:

छोटा भाई: "अब हमारा क्या होगा भैया? हम आगे कैसे पढ़ेंगे? घर कौन चलाएगा?"

चौदह साल की छोटी बहन डर और दुख से कांप रही थी। बड़ी बहन की आँखों में आँसू तो थे, पर उनसे भी ज़्यादा भविष्य की चिंता साफ़ झलक रही थी। इतने बड़े दुख के बीच भी राहुल खुद को संभाल रहा था। उसका दिल अंदर से पूरी तरह टूट चुका था, लेकिन वह सबको ढांढस बंधा रहा था।

राहुल (भारी आवाज़ में): "मैं हूँ न... आप लोग चिंता मत करो। मैं सबको पढ़ाऊँगा, सबका ख्याल रखूँगा।"

यह कहते हुए उसकी आवाज़ बार-बार भर्रा रही थी, फिर भी वह खुद को मज़बूत दिखाने की कोशिश कर रहा था।

लेकिन दुख यहीं खत्म नहीं हुआ। गाँव में कुछ ऐसे भी लोग थे जिनके दिल में ज़रा-सी भी इंसानियत नहीं थी। वे सहानुभूति जताने के बजाय फुसफुसाने लगे और ताने मारने लगे।

एक पड़ोसी: "पैसे के चक्कर में इन लोगों ने ठीक से इलाज नहीं करवाया।"

दूसरा आदमी: "ज़रूर कुछ गड़बड़ है, इतनी जल्दी मौत कैसे हो गई?"

दुख बांटने के बजाय वे ज़हर घोल रहे थे। हद तो तब हो गई जब किसी ने पुलिस को फोन कर दिया कि इन लोगों ने अपने ही पिता को ज़हर देकर मार दिया है। कुछ देर बाद पुलिस घर पहुँच गई। पहले से टूटे हुए परिवार पर यह एक और वज्रपात था। माँ डर से सिमट गई और भाई-बहन सदमे में आ गए।

राहुल ने अस्पताल के सारे कागज़ात, रिपोर्ट और डॉक्टर की पर्चियाँ पुलिस को दिखाईं। सब देखने के बाद पुलिस को सच्चाई समझ आई और वे बिना कुछ कहे लौट गए। पुलिस के जाने के बाद राहुल का दिल और भी भारी हो गया। उसने मन ही मन सोचा:

राहुल (मन में): "दुख क्या होता है, यह वही समझ सकता है जिस पर बीतती है। दुनिया हर किसी के दर्द को नहीं समझती।"

वह रात राहुल के परिवार के लिए कभी न खत्म होने वाली एक लंबी डरावनी रात की तरह थी। घर के हर कोने में रोना-धोना मच रहा था। दीवारों से टकराती सिसकियाँ मानो उस असीम दुख को सुन रही थीं, पर कोई सांत्वना देने वाला नहीं था। उस रात घर में कोई सो नहीं पाया।

जैसे ही सुबह की पहली अंजलि फूटी, पापा के अंतिम संस्कार की तैयारियाँ शुरू हो गईं। राहुल भारी मन से अपने पिता के पार्थिव शरीर को लेकर मनिहारी गंगा घाट के लिए रवाना हुआ। उसके साथ गाँव के बहुत से लोग थे, लेकिन उसकी नज़र बार-बार अपने बगल में खड़े 16 साल के छोटे भाई पर जा रही थी, जिसकी आँखें रो-रोकर सूज गई थीं।

गंगा के तट पर जब चिता सज गई, राहुल कि उम्र अभी महज़ 19 साल है। इतनी छोटी सी उम्र में चार ज़िंदगियों (माँ, भाई और दो बहनें) का बोझ अब उसके कंधों पर आ चुका था।

मुखाग्नि देते समय राहुल का संयम जवाब दे गया। जैसे ही उसने कांपते हाथों से अग्नि दी, वह ज़ोर-ज़ोर से रो पड़ा। उस धधकती आग में उसे पिता की सारी बातें, उनकी दी हुई सीख और उनकी अधूरी उम्मीदें एक फिल्म की तरह आँखों के सामने घूमती नज़र आईं।

दाह संस्कार के बाद जब सब लोग घर लौटे, तो वहाँ फिर वही डरावना सन्नाटा पसरा हुआ था। घर के अंदर से अभी भी कभी-कभी रोने की आवाज़ गूँज उठती थी। राहुल के परिवार पर छाया दुख का साया अभी भी गहरा था।

उस खामोशी और सन्नाटे के बीच, राहुल के भीतर एक चुप-सी कसम ने जन्म लिया। उसने अपनी आँखों के आँसू पोंछे और मन ही मन खुद से कहा "अब मैं टूटूँगा नहीं। मेरे पिता भले ही चले गए, पर उनके सपने मुझमें ज़िंदा रहेंगे। अब पूरे परिवार की उम्मीद मुझसे जुड़ी है, और मैं उन्हें हारने नहीं दूँगा"।

पिता की मृत्यु के बाद राहुल पूरी तरह अंदर से टूट चुका था. अपनी बेबसी और आँसुओं को दुनिया से छिपाने के लिए उसने अपना फोन बंद कर लिया था ताकि उसे किसी से बात न करनी पड़े. उधर, जब अंजलि को प्रिया भाभी से राहुल के पिता के निधन की खबर मिली, तो वह सन्न रह गई. भले ही वह अभी उस घर की बहू नहीं बनी थी, लेकिन वह राहुल के पिता को अपने पिता के समान मानती थी. उसने कई बार राहुल को फोन और मैसेज किए, पर फोन बंद होने के कारण उसकी बेचैनी बढ़ती जा रही थी.

अंतिम संस्कार के कुछ समय बाद, जब राहुल थोड़ा संभला, तो उसने अंजलि को फोन किया. फोन की घंटी बजते ही अंजलि का दिल धड़क उठा और राहुल की भारी आवाज़ सुनते ही वह रोने लगी. लेकिन राहुल के मन में कुछ और ही चल रहा था। उसने भारी मन मगर कठोर आवाज़ में कहा:

राहुल: "अंजलि, अब मुझे घर की पूरी ज़िम्मेदारी निभानी है। पापा अब नहीं रहे, घर मुझे ही संभालना है. इस हालत में मैं तुम्हें अपने साथ नहीं जोड़ सकता। आज से हमें अलग होना होगा। मैं अब कभी तुमसे बात नहीं करूँगा।"

ये शब्द अंजलि के कलेजे पर पत्थर की तरह गिरे. वह फूट-फूटकर रोने लगी और बोली:

अंजलि: "राहुल, अगर आपने मेरा साथ छोड़ दिया तो मैं मर जाऊँगी! मैं आपके बिना नहीं रह सकती, मैं आपसे बहुत प्यार करती हूँ. हम दोनों मिलकर इस मुसीबत से लड़ सकते हैं। प्लीज मुझे अकेला मत छोड़िए।"

अंजलि उसे बार-बार समझाती रही कि प्यार सिर्फ खुशियों में साथ देने का नाम नहीं, बल्कि दुख में हाथ थामने का नाम है. उसने वादा किया कि वह हर कदम पर उसकी ज़िम्मेदारियाँ बाँटने के लिए साथ खड़ी रहेगी.

लेकिन राहुल के मन में डर और अपराधबोध का युद्ध चल रहा था. उसे लगा कि वह अंजलि को अपने दुखों और संघर्षों की आग में नहीं घसीटना चाहता. काफी देर की खामोशी के बाद, राहुल ने बेहद थके हुए मन से बस इतना कहा:

राहुल: "अंजलि, मुझे थोड़ा वक्त दो। अभी पापा का क्रिया-कर्म पूरा

होना बाकी है। कुछ दिन रुक जाओ।"
राहुल: "पापा का क्रिया-कर्म पूरा होने के बाद मैं तुमसे फोन पर बात करूँगा।"
अंजलि (आँसू पोंछते हुए): "ठीक है राहुल... मैं इंतज़ार करूँगी।"

फोन कट गया, लेकिन दोनों के दिलों में दर्द और अधूरी उम्मीदें गूँजती रहीं। यह जुदाई नहीं, बल्कि हालात की एक कड़ी परीक्षा थी, जिसमें दोनों के प्यार को खुद को साबित करना था।

गाँव की वह सुबह बहुत भारी थी। राहुल के घर के आंगन में सन्नाटा पसरा था, मानो घर की दीवारें भी शोक मना रही हों। हिंदू रीति-रिवाजों के अनुसार राहुल अपने पिता का क्रिया-कर्म कर रहा था। सफेद धोती में लिपटा राहुल, आँखों में आँसू और चेहरे पर जिम्मेदारी का बोझ लिए हर विधि को ध्यान से निभा रहा था। पंडित जी मंत्र पढ़ रहे थे और हवन के धुएँ के साथ यादें भी हवा में घुलती जा रही थीं।

राहुल का परिवार एक साधारण किसान परिवार था; खेत ही उनकी पूंजी थे और मेहनत ही उनकी कमाई। पैसे की कमी होने के बावजूद राहुल ने संस्कार और विधि-विधान में कोई कमी नहीं छोड़ी। गाँव के लोगों को भोजन कराया गया और पंडित जी को सामर्थ्य अनुसार दक्षिणा दी गई। राहुल जानता था कि उसके पिता होते तो यही कहते—

पापा (राहुल की यादों में): "बेटा, हैसियत से ज्यादा नहीं, पर दिल से सब करना।"

क्रिया-कर्म के दिन राहुल की माँ का हाल बुरा था। वह कभी अपने पति की तस्वीर से लिपट जातीं, तो कभी राहुल को देखकर रोने लगतीं। छोटे भाई-बहनों की आँखें सूजी हुई थीं। उसकी बहन बार-

बार सिसकते हुए पूछती:

बहन: "अब हमें कौन पढ़ाएगा?"

यह सुनकर राहुल का कलेजा कांप जाता, लेकिन वह खुद को संभालता रहा क्योंकि अब वही घर का एकमात्र सहारा था। शाम होते-होते जब अंतिम विधि पूरी हुई, तो राहुल ने अपने पिता को मन ही मन प्रणाम किया।

दुख तो बहुत था, पर उसके भीतर एक दृढ़ संकल्प जन्म ले चुका था। वह जान गया था कि अब आँसुओं से नहीं, बल्कि जिम्मेदारी निभाकर ही पिता की आत्मा को शांति मिलेगी।

उसी दिन राहुल बड़ा हो गया—उम्र से नहीं, बल्कि हालात से।

पिता के क्रिया-कर्म के दो दिन बाद राहुल ने पहली बार खुद को किसी से बात करने लायक महसूस किया◦ मन भारी था और आँखों में कई रातों की नींद नहीं थी, फिर भी अंजलि को कॉल किया।

राहुल: "ठीक है अंजलि, हम कल सुबह वही स्टेशन पर मिलेंगे। प्लेटफॉर्म संख्या 5 पर, उसी पुरानी बेंच पर। मैं सुबह 9 बजे तुम्हारा इंतज़ार करूँगा। तुमसे कुछ ज़रूरी बात करनी है।"

फोन के उस पार अंजलि की आँखें भर आईं। वह समझ गई कि राहुल के दिल में कितना बड़ा तूफ़ान चल रहा होगा। उसने बस इतना कहा, "मैं ज़रूर आऊँगी।" कॉल कटने के बाद राहुल देर तक मोबाइल को देखता रहा। वहाँ वे पहले भी मिले थे, हंसे थे, सपने देखे थे, लेकिन अब हालात पूरी तरह बदल चुके थे। पिता के जाने के बाद राहुल पर पूरे घर की जिम्मेदारी आ गई थी। उसे नहीं

पता था कि वह सुबह की मुलाकात में क्या कहेगा, लेकिन इतना तय था कि वह अंजलि से सच बोलेगा। शायद वही बातचीत उसके भविष्य की दिशा तय करने वाली थी।

अगली सुबह 9 बजने में अभी कुछ मिनट बाकी थे। स्टेशन की भीड़ धीरे-धीरे बढ़ रही थी, लेकिन प्लेटफॉर्म संख्या 5 की उसी पुरानी बेंच पर अंजलि पहले से बैठी हुई थी। उसकी आँखें बार-बार सामने की पटरियों की ओर जातीं और वह हर आते-जाते चेहरे में राहुल को ढूँढ रही थी। उसे भी रात भर नींद नहीं आई थी। राहुल के पिता के जाने की खबर ने उसे भीतर तक हिला दिया था। आज वह सिर्फ मिलने नहीं आई थी, बल्कि राहुल का दर्द बाँटने आई थी।

थोड़ी देर बाद दूर से राहुल आता हुआ दिखाई दिया। सफेद शर्ट, थका हुआ चेहरा और आँखों में गहरी उदासी। अंजलि उसे देखते ही अपनी जगह से उठ खड़ी हुई। जैसे ही राहुल पास आया, अंजलि दौड़कर उसके गले लग गई। अचानक मिले इस सहारे से राहुल का भी संयम कुछ पल के लिए टूट गया। अंजलि फूट-फूटकर रोने लगी। राहुल ने उसके आँसू पोंछे, जैसे शब्दों से ज्यादा स्पर्श में तसल्ली हो!

अंजलि कांपती आवाज़ में पूछी "यह सब कैसे हो गया, राहुल? आपके पापा हमें इतनी जल्दी कैसे छोड़ गए?"

राहुल के पास इस सवाल का कोई जवाब नहीं था। उसने बस अंजलि को उस बेंच पर बैठाया और खुद भी उसके पास बैठ गया। अंजलि ने राहुल का हाथ कसकर थाम लिया, जैसे उसे डर हो कि कहीं वह फिर से उससे दूर न हो जाए। कुछ देर की खामोशी के बाद राहुल भारी मन
से बोला:

राहुल: "अंजलि, जो हुआ उसे भूल जाओ। हमें आगे बढ़ना होगा। अब मेरे लिए तुमसे प्यार करना मुमकिन नहीं है। घर की जिम्मेदारियां बहुत बढ़ गई हैं। माँ, भाई-बहन... सब कुछ अब मेरे ऊपर है।"

यह सुनते ही अंजलि का दिल बैठ गया। उसने सिर हिलाते हुए कहा:

अंजलि: "मैं भूलने को तैयार नहीं हूँ। आपने एक रात भी नहीं लगाई यह सोचने में कि मेरे बिना आप रह पाएंगे या नहीं।"

फिर भावनाओं में बहकर अंजलि ने खुद को नुकसान पहुँचाने तक की बात कह दी, जैसे वह अपने दर्द को शब्दों में रोक नहीं पा रही हो। राहुल घबरा गया, उसने अपने दोनों हाथों से अंजलि का चेहरा थाम लिया और कहा:

राहुल: "ऐसी बातें मत करो, अंजलि। मुझे डर लगता है।"
अंजलि (आँखों में सच्चाई लिए): "सब ठीक हो जाएगा, राहुल। छोड़ देने से क्या बदल जाएगा? सच बताइए, क्या आप मुझे भूल पाएंगे?"

राहुल चुप रहा, उसकी खामोशी ही अंजलि के लिए उसका जवाब थी। अंजलि जानती थी कि राहुल भी उसके बिना नहीं रह सकता।

दोनों वहीं काफी देर तक बैठे बातें करते रहे। अंजलि ने राहुल को बड़े धैर्य से समझाया:

अंजलि: "देखिए, आप गाँव में रहकर ट्यूशन पढ़ाइए। इससे कुछ पैसे आ जाएंगे और आपकी पढ़ाई में भी मदद मिलेगी। खेती-बाड़ी

पर भी ध्यान दीजिए। पढ़ाई मत छोड़िए, आपको नौकरी भी ढूँढनी है। धीरे-धीरे घर की हालत सुधर जाएगी।"
राहुल उसकी बातें ध्यान से सुन रहा था। पहली बार उसे लगा कि इस गहरे अंधेरे में कहीं रोशनी की एक लकीर है। अंजलि ने उसका हाथ और कसकर पकड़ा और बोली:

अंजलि: "आप अकेले नहीं हैं, राहुल। मैं आपके साथ हूँ।"

इतना कहकर वह खड़ी हुई, राहुल को गले लगाया और उसके माथे पर हल्का सा चुंबन दिया। उसने धीरे से कहा, "मुझे कॉलेज के लिए देर हो रही है," और वह स्टेशन की भीड़ में कहीं खो गई।

राहुल वहीं बेंच पर अकेला बैठा रहा। उसके मन में पिता की यादें, घर की जिम्मेदारियां और अंजलि की बातें—सब एक साथ चल रही थीं, कुछ देर बाद उसने एक गहरी सांस ली, खुद को संभाला और खड़ा हुआ। आज पहली बार उसे लगा कि दर्द के साथ-साथ अब आगे का रास्ता भी साफ़ है। वह एक नए दृढ़ निश्चय के साथ अपने कॉलेज की ओर बढ़ गया।

भाग 6

राहुल ने गाँव में ही बच्चों को ट्यूशन पढ़ाना शुरू कर दिया। सुबह बच्चों को पढ़ाना, दोपहर में खेत के कामों में हाथ बंटाना और रात होते ही किताबों में खो जाना—यही उसकी दिनचर्या बन गई थी। उसका सपना साफ़ था: बिहार पुलिस में भर्ती होकर अपने परिवार को एक सुरक्षित भविष्य देना।

राहुल ने बिहार पुलिस की परीक्षा दी, लेकिन जब परिणाम आया तो उसका नाम सूची में नहीं था। यह पहली बार नहीं था; इससे पहले रेलवे की परीक्षा में भी उसका चयन नहीं हो पाया था। कई बार दिल टूटता, लेकिन वह हार मानने वालों में से नहीं था। अंजलि उसकी सबसे बड़ी ताकत थी। वह रोज़ रात को फोन पर राहुल से कहती:

अंजलि: "राहुल, आज थोड़ा और पढ़ लो। मेहनत कभी बेकार नहीं जाती।"

राहुल अक्सर रात के दो-दो बजे तक पढ़ता रहता। किताबें खुली रहतीं, आँखें थक जातीं, पर वह पढ़ता रहता। अंजलि अक्सर देर रात फोन करके देखती कि राहुल वाकई पढ़ रहा है या सो गया है। अगर कभी उसे नींद आ जाती, तो अंजलि उसे प्यार से डांटकर

जगा देती और कहती:

अंजलि: "उठो! सपनों के लिए थोड़ा दर्द तो सहना ही पड़ता है।"

अंजलि भी अपनी मेडिकल की पढ़ाई रात के दो बजे तक करती थी। उधर राहुल सुबह पाँच बजे ही दौड़ की प्रैक्टिस के लिए निकल जाता। सुनसान सड़कों और खेतों के बीच दौड़ते हुए वह खुद को तैयार करता। ग्राउंड से लौटने के बाद वह सब्जी बेचने बाज़ार जाता, फिर बच्चों को ट्यूशन पढ़ाता, कॉलेज जाता और शाम को फिर ट्यूशन पढ़ाता।

हर दिन का यही कठिन रूटीन बन गया था। भले ही पुलिस और आर्मी के रिजल्ट अभी उसके पक्ष में नहीं थे, लेकिन दिन-ब-दिन उसकी तैयारी और भी मज़बूत होती जा रही थी। धीरे-धीरे जनरल कॉम्पिटिशन में उसके नंबर बेहतर आने लगे। यह उसके लिए एक नई उम्मीद थी। उसे लगा कि मेहनत का असर अब दिखने लगा है।

भले ही मंज़िल अभी दूर थी, लेकिन राहुल समझ चुका था कि सफलता एक दिन में नहीं मिलती। लगातार कोशिश, अंजलि का विश्वास और खुद पर भरोसा—यही उसकी असली जीत की शुरुआत थी।

राहुल हमेशा की तरह तैयार होकर कॉलेज के लिए निकला। रास्ते में वही पुराना हनुमान मंदिर पड़ा, जहाँ उसकी मुलाक़ात अंजलि से हुई। दोनों की नज़रें मिलीं, अंजलि ने एक प्यारी सी मुस्कान दी और फिर दोनों बिना कुछ कहे अपने-अपने रास्तों पर निकल पड़े।

राहुल को ज़रा भी अंदाज़ा नहीं था कि आज का दिन उसकी ज़िंदगी में कितना खास होने वाला है। कैलेंडर की वह तारीख उसके लिए

महज़ एक साधारण संख्या थी, लेकिन किसी और के लिए वह तारीख पूरी दुनिया थी।

अंजलि को राहुल का जन्मदिन बखूबी याद था। उसने कई दिन पहले ही मन में यह ठान लिया था कि इस बार वह राहुल को खास होने का अहसास दिलाकर रहेगी। पिछले कुछ महीनों में राहुल ने बहुत कुछ खोया था—सबसे बड़ा सहारा, उसके पापा। अंजलि जानती थी कि राहुल बाहर से भले ही कितना भी मजबूत दिखने की कोशिश करे, पर अंदर से वह आज भी टूट रहा था।

दोपहर के करीब तीन बज रहे थे। कॉलेज की छुट्टी की घंटी बज चुकी थी। जैसे ही राहुल कॉलेज के गेट से बाहर निकला, उसकी नज़र अचानक सामने खड़ी अंजलि पर पड़ी।

राहुलः (हैरानी से तुतलाते हुए) "ये... तुम यहाँ? इस वक्त?"
अंजलि कुछ नहीं बोली। वह बस मुस्कुराती हुई आगे बढ़ी और उसने बिना किसी संकोच के राहुल को गले लगा लिया।
अंजलिः "हैप्पी बर्थडे, राहुल..."

ये शब्द राहुल के कानों में पड़ते ही उसे अचानक सब याद आ गया। हाँ, आज उसका जन्मदिन था! एक हल्की सी मुस्कान, जो कई दिनों बाद उसके चेहरे पर आई थी, वह उसकी आँखों में छिपी नमी के साथ लड़ रही थी।

राहुलः (धीमी आवाज़ में) "मुझे तो याद ही नहीं था... शुक्रिया अंजलि।"

कॉलेज के पास ही एक छोटा सा शांत मंदिर था। दोनों वहाँ गए और सीढ़ियों पर बैठ गए। अंजलि ने धीरे से अपने बैग से एक केक निकाला। न कोई शोर था, न कोई भीड़—बस दो दिल और सुकून

के कुछ अनमोल पल।

जैसे ही राहुल ने केक काटा, अंजलि ने ताली बजाई और हक जताते हुए कहा:
अंजलि: "सुनो, आज के दिन तुम्हें उदास रहने की इजाजत बिलकुल नहीं है। आज बस मुस्कुराना है।"

राहुल मुस्कुरा तो दिया, पर उसकी आँखों में अब भी अपने पापा की यादें एक शांत लहर की तरह तैर रही थीं।

अभी राहुल ने केक का पहला टुकड़ा उठाया ही था कि खुशियों के उस छोटे से संसार में ग्रहण लग गया। अचानक कुछ लड़के वहाँ आ धमके। उनके चेहरों पर नफरत और बदतमीजी साफ झलक रही थी। उनकी आँखों में बिना किसी वजह का गुस्सा था।

"ये क्या तमाशा चल रहा है यहाँ?"
"कॉलेज के पास ये सब हरकतें? हिम्मत कैसे हुई तुम्हारी?"
"अपने माँ-बाप को बुलाओ अभी!"
राहुल बुरी तरह घबरा गया। पर उसने खुद को संभालते हुए बड़ी विनम्रता से अपनी बात रखनी चाही।
राहुल: "भैया, हम बस जन्मदिन मना रहे हैं। हम कुछ गलत नहीं कर रहे, यकीन मानिए..."

लेकिन उन लड़कों सुन्ने के मूड में बिलकुल नहीं थे। उनमें से एक ने अपना आपा खोया और राहुल की बाइक को जोर से धक्का दे दिया। दूसरे ने पूरी ताकत से बाइक पर लात मारी।

एक झटके में साइड मिरर टूटकर जमीन पर आ गिरा। इंडिकेटर की लाइट चकनाचूर हो गई।

राहुल की आँखों में आँसू भर आए। वह सिर्फ एक बाइक नहीं थी—वह उसके पिता की आखिरी निशानी थी। उसके पापा ने मरने से ठीक दस दिन पहले उसे यह बाइक खरीदकर दी थी। उस बाइक के पुर्जे लोहे के नहीं, बल्कि उसके पिता के प्यार, उनकी कड़ी मेहनत और उनके सपनों से बने थे।

राहुलः (हाथ जोड़ते हुए और गिड़गिड़ाते हुए) "प्लीज... बाइक को कुछ मत करो! जो बात करनी है मुझसे करो, जो सजा देनी है मुझे दे दो, पर मेरी बाइक मत तोड़ो!"

अंजलि यह सब देखकर बुरी तरह सहम गई थी। राहुल को इस तरह रोते देख उसका दिल फटा जा रहा था। उसे समझ नहीं आ रहा था कि क्या करे। कुछ पल सोचने के बाद, उसने अपना फोन निकाला और प्रिया भाभी को कॉल लगा दिया।

अंजलिः (रोते हुए) "प्रिया भाभी... आज राहुल का जन्मदिन है। हम बस केक काट रहे थे... पर कुछ लोगों ने हमें पकड़ लिया है और... और वे बाइक तोड़ रहे हैं!"
दूसरी तरफ से एक ही आवाज़ आई— "राहुल?"

एक पल की भारी खामोशी छा गई। प्रिया भाभी सन्न रह गईं, क्योंकि अब तक उन्हें राहुल और अंजलि के इस रिश्ते के बारे में कुछ भी नहीं पता था। लेकिन हालात की गंभीरता को देखते हुए उन्होंने तुरंत अंजलि की मम्मी को फोन किया।

देखते ही देखते, कुछ ही देर में अंजलि की मम्मी, पापा और घर के अन्य लोग उस जगह पहुँच गए।

काफी समझाने-बुझाने और गहमागहमी के बाद मामला किसी तरह शांत हुआ। मंदिर का वह कोना, जो कुछ देर पहले हंसी और

केक की महक से भरा था, अब कड़वाहट से भर चुका था। अंजलि की मम्मी का चेहरा गुस्से से तमतमा रहा था। उनकी आँखों में अपनी बेटी के लिए अविश्वास की आग थी।

अंजलि की मम्मी: (चीखते हुए) "इसीलिए तुम्हें कॉलेज भेजा था? यही सब करने के लिए? चलो, अभी के अभी घर चलो!"

राहुल के पास कहने को बहुत कुछ था। वह बताना चाहता था कि वह अंजलि से कितना सम्मान करता है, वह बताना चाहता था कि आज उसका जन्मदिन है... पर शब्द उसके गले में ही अटक कर रह गए। अंजलि अपने माता-पिता के साथ जाने लगी, पर जाते-जाते उसने एक बार पीछे मुड़कर राहुल को देखा। उस एक नज़र में माफी की गुहार थी, बेपनाह प्यार था और एक गहरी बेबसी भी।

किसी ने रूखे स्वर में राहुल से कहा— "अब आप अपने घर जाइए," और अंजलि को लेकर वे सब चले गए।

राहुल काफी देर तक वहीं खामोश खड़ा रहा, जैसे कोई पत्थर की मूरत हो। फिर उसने भारी मन से अपनी टूटी हुई बाइक को घसीटा और मैकेनिक के पास ले गया। कुछ घंटों की मशक्कत के बाद बाइक तो ठीक हो गई, लेकिन उसका दिल? वह बुरी तरह लहूलुहान था।

घर जाते वक्त रास्ते भर उसके दिमाग में बस दो ही सवाल गूँज रहे थे:
"क्या प्यार करना वाकई कोई गुनाह है?"
"क्या अपना जन्मदिन मनाना भी कोई जुर्म है?"

उस दिन राहुल ने ज़िंदगी का सबसे कड़वा सबक सीखा—कि कुछ रिश्ते इतने नाज़ुक होते हैं कि उन्हें बचाने के लिए इंसान को खुद

अंदर से टूटना पड़ता है।

उधर, अंजलि को उसके मम्मी-पापा जबरन घर ले आए। गाड़ी में सन्नाटा इतना गहरा था कि सांसों की आवाज़ भी शोर लग रही थी। अंजलि की आँखें खिड़की से बाहर की दुनिया देख रही थीं, पर उसका मन वहीं अटका था—राहुल के पास, उस अधूरे जन्मदिन और उस टूटे हुए दिल के पास।

जैसे ही घर के दरवाजे के अंदर कदम रखा, खामोशी का वह गुब्बारा फट गया।
अंजलि की माँ: (कड़कती आवाज़ में) "अब बताओ, ये सब क्या चल रहा है?"

उनकी आवाज़ में गुस्से के साथ-साथ एक अनजाना डर भी था। अंजलि अभी कुछ बोल पाती या अपनी सफाई दे पाती, उससे पहले ही एक जोरदार थप्पड़ उसके गाल पर पड़ा। कमरे में उस चोट की आवाज़ गूँज गई। अंजलि लखड़ा गई, उसकी दुनिया जैसे एक पल के लिए घूम गई... पर वह गिरी नहीं।

घर का माहौल किसी अदालत जैसा हो गया था। अंजलि की आँखों में आँसू थे, पर वह ज़ुबान से खामोश रही। गाल पर पड़े उस तमाचे की गूँज अभी थमी भी नहीं थी कि उसके पिता की कड़कती आवाज़ पूरे कमरे में गूँज उठी।

पिता: "शर्म नहीं आती तुम्हें? घर से बाहर पढ़ने भेजा था और तुम ये सब गुल खिला रही हो?"
उनकी आवाज़ में वह कठोरता थी जैसे कोई जज अपना आखिरी फैसला सुना रहा हो। पास खड़ी नानी भी भला कहाँ चुप रहने वाली थीं।

नानी: "हमारे खानदान में लड़कियाँ ऐसी नहीं होती थीं। कौन है वो राहुल? क्या लगता है तुम्हारा? क्यों मिलने गई थी उससे?"
हर सवाल अंजलि के दिल पर हथौड़े की तरह पड़ रहा था। तभी उसका छोटा भाई वरुण भी बोल पड़ा, जिसकी बातों ने अंजलि को भीतर तक छलनी कर दिया।

वरुण: "दीदी, आप घर की इज्जत मिट्टी में मिला रही हो।"

वहाँ खड़ी प्रिया भाभी की आँखों में हैरानी थी, पर समाज के डर ने उन्हें भी खामोश कर दिया। उन्होंने बस इतना ही कहा, "अब जमाना खराब है अंजलि, ये प्यार-व्यार सब धोखा है।"

हर कोई बोल रहा था, और अंजलि चुप थी। लेकिन जब दर्द हद से ज़्यादा बढ़ जाता है, तो इंसान के भीतर का समंदर खामोशी की दीवारें तोड़ देता है। अंजलि फूट-फूट कर रोने लगी और काँपती हुई आवाज़ में वह कह दिया जिसे सुनने के लिए कोई तैयार नहीं था।

अंजलि: "हाँ... मैं राहुल से प्यार करती हूँ! और मैं उसके बिना नहीं रह सकती। मैंने कोई गुनाह नहीं किया। अगर प्यार करना गलत है, तो हाँ... मैं गलत हूँ!"

उसकी बात पूरी भी नहीं हुई थी कि उसकी माँ ने फिर से उसे एक ज़ोरदार थप्पड़ जड़ दिया। इस बार दर्द गाल पर नहीं, अंजलि की रूह पर हुआ था। उसे दुख इस बात का था कि उसकी माँ ने उसकी बात सुनी तो सही, पर उसे समझने की कोशिश तक नहीं की।

माँ चिल्लाई, "आज के बाद राहुल का नाम भी मत लेना!" पिता ने आगे बढ़कर एक ही झटके में अंजलि का मोबाइल छीन लिया और उसे स्विच ऑफ कर दिया।

पिता: "न रहेगा मोबाइल, और न होगी उस लड़के से बात।"

रात गहरी होती जा रही थी। घर के सभी सदस्य सो चुके थे, लेकिन अंजलि की आँखों में नींद का एक कतरा भी नहीं था। वह अंधेरे में घर की छत को घूरती रही। हर गुजरती सांस के साथ उसका दिल भारी होता जा रहा था।

उस रात अंजलि ने पहली बार यह कड़वी हकीकत महसूस की—प्यार सिर्फ दो दिलों के बीच का मामला नहीं होता, इसके लिए पूरी दुनिया से लड़ना पड़ता है।

उधर राहुल भी उसी रात, ख़ामोशी से आसमान को निहार रहा था। वह इस बात से अनजान था कि जिससे वह सबसे ज़्यादा बात करना चाहता था, उसकी आवाज़ अब किसी और के नियंत्रण में थी। दो अलग-अलग जगह, लेकिन दोनों का दर्द एक जैसा था। उस रात का सन्नाटा उनके भीतर के शोर से कहीं ज़्यादा गहरा था।

अमन और राहुल की दोस्ती महज़ पहचान नहीं, एक मिसाल थी। रिश्ते में तो अमन राहुल का भतीजा लगता था, पर उम्र में दोनों के बीच सिर्फ़ चार महीनों का ही अंतर था। यही वजह थी कि रिश्तों की औपचारिकताओं ने कभी उनकी दोस्ती के बीच दीवार नहीं खड़ी की। गाँव के लोग तो उन्हें एक-दूसरे का 'साया' कहते थे—जहाँ राहुल होता, वहाँ अमन का होना तय था।

उनका बचपन, स्कूल के दिन और सुनहरे सपने... सब कुछ साझा था। कभी-कभी तो दोनों एक ही साइकिल पर स्कूल जाते। अगर आज राहुल पैडल मारता, तो अमन पीछे बैठकर हँसी-मज़ाक करता। अगले दिन बारी अमन की होती और राहुल पीछे बैठ अपने भविष्य की योजनाएँ बुनता। उनके बीच कोई राज़ नहीं था, सिवाय

उस एक राज़ के...।

वह रविवार का दिन था। दोनों ग्रुप टेस्ट सीरीज़ देकर लौट रहे थे। दिमाग़ में अभी भी सवालों के जवाब और परीक्षा की उलझनें घूम रही थीं। तभी अचानक अमन का फ़ोन बज उठा। स्क्रीन पर एक 'अनजान नंबर' देख वह थोड़ा चौंका, फिर संकोच के साथ कॉल उठा लिया।

"नमस्ते, कौन?" अमन ने पूछा।
उधर से एक गंभीर आवाज़ आई, "मैं अंजलि की मम्मी बोल रही हूँ।"

यह सुनते ही अमन के हाथ ठंडे पड़ गए। आवाज़ में एक अजीब सा भारीपन था। उन्होंने आगे कहा, "मुझे राहुल से बात करनी है। उसका फ़ोन बंद आ रहा है।"

अमन के दिमाग़ में एक ही सवाल कौंध रहा था—राहुल ने ऐसा क्या कर दिया कि अंजलि की मम्मी खुद कॉल कर रही हैं?
खुद को संभालते हुए अमन धीमे स्वर में बोला, "आंटी, आप दो मिनट रुकिए... मैं राहुल को फ़ोन देता हूँ।"

अमन ने हाथों से फ़ोन राहुल की तरफ बढ़ाया। जैसे ही राहुल ने सुना कि कॉल अंजलि की माँ की है, उसके चेहरे की रंगत उड़ गई। फिर भी, हिम्मत जुटाकर उसने फ़ोन कान से लगाया।

उधर से बेहद सख्त लहजे में आवाज़ आई, "राहुल, आज शाम को हमारे घर आ जाइए। अंजलि के विषय में आपसे कुछ ज़रूरी बात करनी है।"

राहुल के गले जैसे सूख गया हो। वह डरते-डरते बस इतना ही बोल

पाया, "जी... ठीक है आंटी।"
इतना कहते ही दूसरी तरफ से कॉल कट गई।

जैसे ही कॉल कटी, राहुल ने एक लंबी और बोझिल साँस ली। उसके चेहरे पर ऐसा भाव था मानो किसी ने उसके कंधों पर क्विंटल भर का बोझ रख दिया हो। अमन उसे एकटक घूर रहा था, उसकी आँखों में हज़ारों सवाल तैर रहे थे।

"राहुल... तेरा फ़ोन कहाँ है?" अमन ने चुप्पी तोड़ते हुए पूछा। "और अंजलि की मम्मी ने तुझे क्यों कॉल किया? क्या तू मुझसे कुछ छुपा रहा
है?"

राहुल खामोश खड़ा रहा। उसकी यह चुप्पी ही अमन के सवालों का सबसे बड़ा जवाब थी। असल में, राहुल ने आज तक अमन को कभी यह नहीं बताया था कि वह अंजलि से प्यार करता है। इसकी एक बड़ी वजह थी—अंजलि रिश्ते में अमन की भी दीदी लगती थी। राहुल को डर था कि अगर उसने सच बताया, तो अमन क्या सोचेगा? कहीं इस सच की वजह से उनकी सालों पुरानी दोस्ती पर कोई दाग न लग जाए। अंजलि ने भी राहुल को मना किया था कि अमन को कुछ नहीं बताने के लिए जब तक राहुल की नौकरी नहीं लग जाती।

अमन के मन में सवालों का बवंडर उठा हुआ था, लेकिन राहुल की खामोशी उसे और भी चुभ रही थी। उसने राहुल को बचपन से देखा था, पर इतना डरा हुआ और सहमा हुआ पहले कभी नहीं देखा। चलते-चलते दोनों गाँव के बाहर उस पुराने पीपल के पेड़ के नीचे पहुँच गए। यह वही जगह थी जहाँ वे घंटों बैठकर पढ़ाई करते और अपनी निजी ज़िंदगी की बातें साझा करते थे।

राहुल ने एक बार फिर गहरी साँस ली और अमन की ओर देखते हुए बोला, "अमन... आज मैं तुझसे कुछ नहीं छुपाऊँगा।"
अमन बिना कुछ कहे उसी पीपल के पेड़ के नीचे ज़मीन पर बैठ गया। उसने बस इतना कहा, "बोल राहुल, जो भी है साफ़-साफ़ बोल।"

राहुल भी उसके सामने बैठ गया। उसने अमन से कहा, "मैं अंजलि से प्यार करता हूँ, अमन। बहुत ज़्यादा!"

पीपल के पेड़ पर दो कौवे आ बैठे। उनमें से एक कौवा ज़ोर-ज़ोर से कांव-कांव कर रहा था, जैसे मानो वह भी अपने दोस्त को कोई राज या फिर प्यार के किस्से सुना रहा हो। दूसरा कौवा बिना शोर किए एक सूखी टहनी पर बैठा था।"

अमन ने राहुल को एक तिरछी नज़र से देखा, पर उसके मुँह से एक शब्द भी नहीं निकला।

राहुल अब रुकने वाला नहीं था। वह बोलता गया—कैसे कोचिंग के दिनों में उसकी अंजलि से पहली मुलाकात हुई, कैसे छोटी-छोटी बातों से दोस्ती बढ़ी और कब वह दोस्ती एक गहरे प्यार में बदल गई। उसने सब कुछ एक ही साँस में कह दिया।

राहुल की आवाज़ भारी हो गई थी, "मुझे पता है अमन, मैंने तुझे नहीं बताया। पर मैं डरता था... क्योंकि तू उन लोगों के रिश्ते में लगता है। मुझे डर था कि यह सुनकर तू मेरे बारे में क्या सोचेगा।"

फिर राहुल ने पिछले दिन की पूरी घटना विस्तार से बता दी—वह जन्मदिन वाला दिन, मंदिर के पास उन दोनों का साथ बैठना, फिर अचानक लोगों का हंगामा करना, अंजलि के घरवालों का वहाँ आ जाना और उसके बाद अंजलि को जबरन घर ले जाया जाना।

"इसीलिए मैंने अपना फोन बंद कर लिया था," राहुल धीरे से बोला, "मुझे पता था कि उसके घर से कॉल आएगा... और फिर बहुत डाँट पड़ेगी।"

अमन चुपचाप सब कुछ सुनता रहा। उसके चेहरे पर सिर्फ गुस्सा ही नहीं था, बल्कि एक गहरी उलझन भी थी। राहुल ने हिचकिचाते हुए कहा, "शायद अंजलि ने अपनी मम्मी को बता दिया होगा कि हम दोनों जिगरी दोस्त हैं, और हम एक-दूसरे से कुछ नहीं छुपाते।"

राहुल : "अमन, आज उन्होंने मुझे घर बुलाया है। मुझे बहुत डर लग रहा है। क्या पता... वे लोग मुझे मारें, या पुलिस के हवाले कर दें!"

राहुल ने अमन की तरफ देखा, जैसे वह डूबते को तिनके का सहारा ढूँढ रहा हो। "भाई, सच यही है। मैंने सब बता दिया और हाँ... मैं औरअंजलि एक-दूसरे के बिना नहीं रह सकते।"
पीपल के पत्तों से छनकर आती धूप दोनों पर गिर रही थी। कुछ पल तक वहाँ गहरा सन्नाटा पसरा रहा। फिर अमन ने एक लंबी और गहरी साँस ली और बोला—
"राहुल, सुन।"
राहुल ने धीरे से अपना सिर उठाया।
"आज तू शाम को अकेले जा," अमन ने शांत आवाज में कहा।
"अगर मैं तेरे साथ गया, तो घर में बात और बिगड़ जाएगी। प्रिया (आंटी) को लगेगा कि मैं भी इस सबमें शामिल हूँ।"
"लेकिन मुझे डर लग रहा है," राहुल की आवाज में बेबसी थी।

"डर सबको लगता है," अमन ने उसके कंधे पर भरोसा देते हुए हाथ रखा। "तू बस शांति से बात करना। ज्यादा कुछ हो, तो माफी माँग लेना। बोल देना कि गलती हो गई। और... यह भी कह देना कि

आज के बाद तू अंजलि से नहीं मिलेगा, न बात करेगा।"

यह सुनकर राहुल का दिल बैठ गया। "यह भी कहना पड़ेगा?"

"अभी के लिए," अमन ने बात काटते हुए कहा, "कभी-कभी हालात को संभालने के लिए दो कदम पीछे हटना पड़ता है।" अमन खड़ा हुआ और राहुल की आँखों में आँखें डालकर बोला, "देख भाई, मैं तेरे साथ हूँ। आज कुछ नहीं होगा। और अगर कुछ हुआ भी... तो हम मिलकर देख लेंगे!"

पीपल का वह बूढ़ा पेड़ चुपचाप खड़ा उनकी बातें सुन रहा था, जैसे गवाह हो उनकी दोस्ती का।

अमन ने साइकिल को उठाया जो हवा की तेज रफ़्तार ने गिरा दिया था। दोनों साइकिल पर बैठ गए, अमन पैडल मार रहा था। वे दोनों कौवे भी पेड़ से उड़ गए थे।

अमन: राहुल, एक श्लोक तो सुना संस्कृत में!
राहुल: सखा स एव यः काले, दुःखे सुखे च तिष्ठति।
न त्यजति विपदां मध्ये, स मित्रः सत्य उच्यते।।
अमन: अब इसका अर्थ कौन बतायेगा, तेरी अंजलि? (मजाकिया अंदाज़ में राहुल को चिढ़ाते हुए कहा)
राहुल: अर्थ... वही सच्चा दोस्त है जो हर समय साथ खड़ा रहे, सुख और दुख दोनों में साथ दे, और मुसीबत के समय कभी साथ न छोड़े!

शाम ढल चुकी थी। आसमान का रंग धीरे-धीरे गहराने लगा था और राहुल भारी मन से अंजलि की माँ से मिलने के लिए निकल पड़ा। दिल के अंदर एक अजीब सी घबराहट थी। फिर भी, वह खुद को तसल्ली दे रहा था कि शायद सच बोलने से हालात संभल जाएँ।

वह अभी रास्ते में ही था कि अचानक उसकी जेब में फोन बज उठा। स्क्रीन पर अंजलि की माँ का नाम चमक रहा था।

फोन उठाते ही दूसरी तरफ से एक सख्त आवाज आई–

"घर आने की ज़रूरत नहीं है। कटिहार कोर्ट ऑफिस के पास जो मैदान है, वहीं मुलाक़ात होगी।"

राहुल ने बस इतना कहा, "ठीक है," और फोन काट दिया। उसका दिल अब और ज्यादा बेचैन हो गया था, लेकिन उसने बिना देर किए अपनी बाइक उस मैदान की ओर मोड़ ली।

वह मैदान से कुछ ही दूरी पर पहुँचा था कि फोन दोबारा बजा। इस बार अंजलि ने किसी दूसरे नंबर से कॉल कि। उसकी आवाज सुबक रही थी।

"राहुल, किसी भी तरह मम्मी को मना लीजिए... हमें अलग मत होने दीजिए!" उसने मिन्नतें करते हुए कहा। फिर टूटती हुई आवाज में उसने वह बात कही "अगर आज बात बिगड़ी, तो मैं अपनी जान दे दूँगी।"

राहुल ने तुरंत उसे ढाँढस बँधाया, "पागल मत बनो! मैं तुम्हारी माँ से बात करूँगा। तुम बस मजबूत रहो, टेंशन लेने की ज़रूरत नहीं है।"
फोन कट गया, लेकिन अंजलि की वह आखिरी बात राहुल के दिल में किसी फाँस की तरह अटक गई।

कटिहार कोर्ट के पास का वह मैदान लगभग खाली पड़ा था। दूर एक तरफ अंजलि की माँ अकेली खड़ी इंतज़ार कर रही थीं। राहुल उनके पास पहुँचा और झुककर उनके पैर छुए।

बातचीत में कोई औपचारिकता नहीं थी, न ही कोई भूमिका। अंजलि की माँ ने साफ़ और कड़े शब्दों में कहा—

"हमारी गाँव-समाज में इज़्ज़त है। मैं नहीं चाहती कि मेरी बेटी का नाम किसी भी तरह बदनाम हो।"

अंजलि को मैं खुद समझा लूँगी। आज के बाद... न तुम उसे फोन करोगे, न कोई मैसेज भेजोगे और न ही कभी उससे मिलने की कोशिश करोगे। हमारी दुनिया अलग है राहुल, इसे यहीं खत्म कर दो।"

राहुल आखिरी बार बोलने की इजाजत माँगी।

"मैं जानता हूँ," राहुल ने कहा, "इस वक्त मेरे पास नौकरी नहीं है। शायद इसी वजह से आप डरी हुई हैं कि मैं अंजलि को क्या दे पाऊँगा। लेकिन मुझे खुद पर भरोसा है... इसी साल मेरी नौकरी लग जाएगी।" "मैं अंजलि से बहुत प्यार करता हूँ।"

और मनपसंद शख्स के बिछड़ जाने के बाद... ज़िन्दगी के सारे शौक खत्म हो जाते हैं... पर आपको ये बात समझ नहीं आएगी!

मैदान में सन्नाटा पसर गया। कुछ पल के मौन के बाद, राहुल ने एक ऐसा फैसला लिया जिसने उसे अंदर तक तोड़ दिया। उसने कहा, "अगर आपकी यही शर्त है, तो मुझे मंजूर है। आज के बाद मैं न उसे कॉल करूँगा, न मैसेज।"

ये शब्द कहते हुए उसे ऐसा महसूस हुआ जैसे उसने खुद अपने हाथों से अपनी खुशियाँ दफ़ना दी हों। उसने अंजलि की मम्मी को बहुत समझाने की कोशिश की, पर उनके पत्थर दिल पर कोई

असर नहीं हुआ। बात वहीं खत्म हो गई।

राहुल वहाँ से वापस लौट आया। घर की ओर जाता वह रास्ता आज पहले से कहीं ज़्यादा लंबा और वीरान लग रहा था । घर पहुँचकर उसने अमन को सब कुछ बता दिया—रास्ते का फोन, मैदान की वह कड़वी मुलाक़ात, अंजलि की हालत और उसकी माँ को दिया हुआ वह 'न मिलने का वादा'।

अमन चुपचाप अपने दोस्त की दास्ताँ सुनता रहा। कमरे में दो दोस्त आमने-सामने बैठे थे—एक पूरी तरह टूट चुका था, और दूसरा उसे संभालने के लिए सही शब्द ढूँढ रहा था।
लेकिन नियति को कुछ और ही मंजूर था।

अगले दिन फिर से अंजलि की मम्मी का फोन आया। इस बार उनकी आवाज़ में वह पुराना गुस्सा नहीं था। उन्होंने बताया कि अंजलि ने खाना-पीना पूरी तरह छोड़ दिया है।

"वह ज़िद पर अड़ी है," अंजलि की माँ ने हारते हुए कहा। "उसने साफ़ कह दिया है कि जब तक राहुल से बात नहीं होगी, वह अन्न का एक दाना भी नहीं चखेगी।"

अंजलि का यह रूप देखकर घरवाले भीतर से टूटने लगे थे। यह केवल एक बेटी की ज़िद नहीं थी, बल्कि उसका सच्चा प्यार बोल रहा था। आखिरकार, चट्टान जैसा परिवार भी झुक गया। कई प्रयासों और लंबी चर्चा के बाद, अंजलि की मम्मी ने राहुल को फिर से मिलने के लिए 'नानी का घर', बुलाई।

राहुल जब वहाँ पहुँचा, तो उसे महसूस हो रहा था जैसे आज उसकी पूरी ज़िंदगी का फैसला होने वाला है। नानी के घर की उन दीवारों में एक अजीब सी खामोशी पसरी थी, जहाँ सिर्फ अंजलि की कमज़ोर

साँसों की आवाज़ सुनाई दे रही थी।

अंजलि की मम्मी ने राहुल को बड़े प्यार से पास बिठाया और समझाते हुए कहा, "देखो राहुल, अभी सबसे ज़रूरी चीज़ तुम्हारी पढ़ाई और नौकरी है। अगर तुम मन लगाकर मेहनत करोगे और जल्दी एक अच्छी नौकरी पा लोगे, तो मैं खुद तुम दोनों की शादी करा दूँगी।"

नानी ने भी उनकी बात का समर्थन किया। उनकी आँखों में एक अनुभव था और आवाज़ में अपनापन।

अंजलि की हालत काफी खराब थी; वह कुछ खा नहीं रही थी, चेहरा पर कमज़ोरी साफ़ झलक रही थी। तभी अंजलि की मम्मी ने राहुल की तरफ देखा और आँखों ही आँखों में उसे कुछ इशारा किया।

राहुल अंजलि के पास गया और अपने हाथों से उसे खाना खिलाने लगा। घर के सभी सदस्य वहीं खड़े थे। वह पल ऐसा था, मानो अंजलि उसी वक्त राहुल की पत्नी बन गई हो।

राहुल ने पूरे सम्मान के साथ घर वालों से कहा:

"आपसे एक विनती है, इस रिश्ते की बात अभी किसी और को न बताई जाए। मैं आपसे वादा करता हूँ कि जैसे ही मेरी नौकरी लगेगी, मैं खुद अपने घर वालों को बताऊँगा और पूरे रीति-रिवाजों के साथ अंजलि को अपनाऊँगा।"

उस दिन के बाद अंजलि और राहुल, दोनों के चेहरों पर एक नई खुशी दिखने लगी थी। हालात अभी भी पूरी तरह आसान नहीं थे, लेकिन अब उनके दिलों में 'उम्मीद' ने जगह बना ली थी।

राहुल—लम्बा कद, थोड़ा साँवला रंग, लेकिन आँखों में गजब का आत्मविश्वास। वह काफी स्मार्ट था और उसके मिलनसार स्वभाव ने अंजलि के घरवालों का दिल जीत लिया था। अब कमी थी तो बस एक अदद नौकरी की, जिसे हासिल करने का उसने दिल से वादा कर लिया था।

दिन बीत रहे थे और कड़ाके की ठंड पड़ने लगी थी। कोहरा इतना घना था कि रास्ते में कुछ भी साफ दिखाई नहीं देता था l अंजलि रोज़ की तरह अपनी साइकिल से कॉलेज जा रही थी। उसे लगभग 8 किलोमीटर साइकिल चलानी पड़ती थी। ठंड इतनी ज़्यादा थी कि उसका चेहरा गुलाबी पड़ गया था और हाथों की उंगलियाँ सुन्न होकर सिकुड़ गई थीं। उसने गर्म कपड़े तो पहने थे, पर बर्फीली हवाएँ जैसे बदन के आर-पार हो रही थीं।

रास्ते में राहुल उसका इंतज़ार कर रहा था। जैसे ही अंजलि उसके पास पहुँची, राहुल उसे देखकर ठिठक गया। अंजलि ठंड से काँप रही थी। बिना कुछ सोचे राहुल ने उसका हाथ थाम लिया।

राहुल (धीमे से): "बहुत ठंड लग रही है ना?"
अंजलि (हल्की मुस्कान के साथ): "अब आदत हो गई है।"

राहुल का दिल पसीज गया। उसने अंजलि की उंगलियों को अपने हाथों से ज़ोर-ज़ोर से रगड़ना शुरू किया ताकि उनमें थोड़ी गर्माहट आ सके। फिर उसने अपने दोनों हाथों को आपस में रगड़कर अंजलि के गालों पर रख दिया। अंजलि चुपचाप उसे देखती रही, उसकी आँखों में कोई शिकायत नहीं, बस एक असीम संतोष था

उस दिन दोपहर में राहुल किसी बड़े इंतज़ाम में लगा रहा। उसने अपने एक दोस्त से कुछ पैसे उधार लिए और अपनी जमा की हुई सारी सेविंग्स (बचत) भी निकाल ली। शाम होते-होते उसने

अंजलि के लिए एक स्कूटी खरीद ली ◦

राहुल वह स्कूटी लेकर अंजलि के घर पहुँचा और बाहर खड़े होकर हॉर्न बजाया। अंजलि जैसे ही बाहर आई और उसकी नज़र नई स्कूटी पर पड़ी, वह हक्की-बक्की रह गई। उसे कुछ पल के लिए समझ ही नहीं आया कि क्या हो रहा है।

अंजलि (आश्चर्य से): "यह... यह सब क्या है?"
राहुल (एक प्यारी मुस्कान के साथ): "अब तुम्हें 8 किलोमीटर साइकिल नहीं चलानी पड़ेगी।"

अगले एक हफ्ते तक अंजलि के भाई वरुण ने उसे स्कूटी चलाना सिखाया। शुरुआत खाली मैदान से हुई, फिर गलियों के मोड़ और धीरे-धीरे मुख्य सड़क तक का सफर तय हुआ। पहले अंजलि बहुत डरती थी, संतुलन बिगड़ जाता था, लेकिन वरुण हर वक्त उसके पीछे ढाल बनकर खड़ा रहता और उसे संभाल लेता। धीरे-धीरे अंजलि ने स्कूटी पर फतह पा ली और अब वह खुद कॉलेज जाने लगी। जब वह पहली बार
अकेले स्कूटी लेकर निकली, तो राहुल दूर खड़ा उसे जाते हुए देख रहा था; उसके चेहरे पर एक गहरा संतोष था।

राहुल के लिए अंजलि का प्यार छोटी-छोटी चीज़ों में झलकता था। अंजलि कभी उसके लिए आलू की सब्जी बनाती, तो कभी भिंडी या दाल। कभी-कभी गलती से मिर्च तेज़ हो जाती, पर राहुल बिना एक शब्द कहे सब खा जाता। उसकी आँखों में मिर्च से पानी आ जाता, पर चेहरे पर मुस्कुराहट बनी रहती।

अंजलि शरारत से पूछती, "आज मिर्च थोड़ी ज़्यादा हो गई क्या?"
राहुल मुस्कुराकर जवाब देता, "नहीं तो, बिल्कुल ठीक है।"

असल में राहुल को सब्जियाँ पसंद ही नहीं थीं; घर पर वह अक्सर माँ के हाथ की बनी सब्जी भी छोड़ देता था। लेकिन अंजलि के हाथ का बना हर निवाला उसे मीठा लगता था। उसके लिए वह सिर्फ स्वाद नहीं, बल्कि अंजलि का 'एहसास' था।

एक दिन दोनों ने बाहर जाकर खाना खाने का फैसला किया। चलते-चलते अचानक अंजलि का पैर फिसला और कीचड़ में जा गिरा, जिससे उसका सैंडल पूरी तरह गंदा हो गया। बिना एक पल गँवाए, राहुल ने उसे अपनी बांहों में उठा लिया। पूरा बाज़ार हैरानी से उन्हें देखने लगा, लेकिन राहुल को किसी की परवाह नहीं थी। वह उसे गोद में उठाकर पास के एक चापाकल तक ले गया। उसने अंजलि को धीरे से नीचे उतारा और खुद झुककर अपने हाथों से उसके पैरों का कीचड़ धोने लगा।

" क्या कर रहे हो? लोग देख रहे हैं..." अंजलि ने धीरे से कहा।
राहुल ने मुस्कुराकर जवाब दिया, "देखने दो।"

उस पल अंजलि को महसूस हुआ कि दुनिया में चाहे कितनी भी मुश्किलें क्यों न हों, अगर साथ में ऐसा इंसान हो जो भीड़ के बीच भी तुम्हें सम्मान दे, तो जीवन आसान हो जाता है। वह अक्सर राहुल से कहती, –
"इस जन्म में मुझे आप जैसा प्यार करने वाला कोई नहीं मिल सकता।".

अगले ही महीने आर्मी भर्ती की रैली की तारीख आ गई। राहुल के मन में इस बार अजीब सी उलझन थी। वह अब आर्मी में जाने को लेकर उतना उत्साहित नहीं था, क्योंकि उसी साल उसका I.T.I डिप्लोमा फाइनल होने वाला था।

राहुल (खुद से): "अगर मैं यह डिप्लोमा पूरा कर लूँ, तो रेलवे

में लोको पायलट बनने का रास्ता खुल जाएगा। मैंने जनरल कॉम्पिटिटिव एग्जाम की तैयारी भी तो इतनी मेहनत से की है।"
लेकिन अंजलि की जिद फिर सामने आ गई।

अंजलि: "राहुल, प्लीज! सिर्फ मेरे लिए एक बार आर्मी की भर्ती में जरूर जाओ। मुझे पता है आर्मी की नौकरी जल्दी लग जाएगी और फिर घर की सारी परेशानियाँ खत्म हो जाएंगी। हमारा शादी भी जल्दी हो जाएगी l

राहुल की मम्मी भी चाहती थी कि राहुल एक बार और सेना की भर्ती में कोशिश करे जिसके घर की गरीबी दूर हो सके
मम्मी: "बेटा, एक बार कोशिश कर लेने में क्या बुराई है? हो सकता है इस बार किस्मत साथ दे दे।"

सबकी बात मानकर राहुल ने फिर से तैयारी शुरू कर दी। वह रोज सुबह-शाम दौड़ लगाता। शरीर थक जाता, पर मन की आग ठंडी नहीं होती थी। उसे लगता था कि यह दौड़ सिर्फ मैदान की नहीं, बल्कि पूरी जिंदगी की है।

भर्ती का दिन आ गया। रात के अंधेरे में, सुबह करीब दो बजे राहुल घर से निकल पड़ा। कटिहार के आर्मी ग्राउंड पर सैकड़ों लड़के आँखों में सपने लिए लाइन में खड़े थे। पहले हाइट और डॉक्यूमेंट्स की जाँच हुई, फिर उसे रनिंग के लिए भेजा गया।
तभी अचानक भाग्य ने एक और परीक्षा ली। चलते समय राहुल का पैर नाले में फिसल गया।
राहुल (कराहते हुए): "आह! यह क्या हो गया..."

उसके हाथ से खून निकल रहा था और दर्द असहनीय था। एक पल के लिए उसे लगा कि सब खत्म हो गया। लेकिन फिर उसने खुद को संभाला।

राहुल (दृढ़ निश्चय के साथ): "नहीं, मैं यहाँ हार मानने नहीं आया हूँ।"
उसने तुरंत मिट्टी झाड़ी, रुमाल से अपना घाव बाँधा और खड़ा हो गया। उसकी आँखों में अब दर्द से ज्यादा जिद थी।

थोड़ी ही देर में रनिंग शुरू हो गई। करीब चार सौ लड़के एक साथ दौड़ पड़े। मैदान पर सिर्फ साँसों की धड़कन और जूतों की आवाज़ सुनाई दे रही थी। हर कोई आगे निकलने की कोशिश कर रहा था। राहुल का हाथ दर्द कर रहा था, लेकिन उसने अपनी रफ्तार कम नहीं की। उसे अंजलि की बातें, मम्मी का भरोसा और अपना सपना सब याद आ रहे थे। वह आखिरी दम तक दौड़ता रहा।

दौड़ का अंतिम चक्कर आया तो सिर्फ आगे से सत्ताईस लड़कों का चयन हुआ था। बाकी सब वहीं रुक गए थे। राहुल का नाम भी उन सत्ताईस में शामिल था। दर्द, थकान और डर सब खुशी में बदल गए।

उसने सबसे पहले अपनी मम्मी को फोन किया और खुशखबरी सुनाई:
राहुल: "मम्मी, मैंने रेस निकाल ली है! मैं सिलेक्ट हो गया हूँ।"
मम्मी: "मुझे पता था मेरा बेटा कर दिखाएगा। बहुत-बहुत बधाई हो!"

इसके बाद उसने अंजलि को फोन किया और बताया कि वह रनिंग पास कर गया है। अंजलि की खुशी शब्दों में नहीं समा रही थी। आर्मी ग्राउंड अंजलि की नानी के घर के बिल्कुल पास था। लौटते वक्त राहुल वहां रुक गया और अंजलि से मिलकर आया।

अगले दिन राहुल का मेडिकल एग्जाम होना था। मेडिकल जाँच

के दौरान उसने हर टेस्ट शांति से दिया। जब आखिरी डॉक्टर ने फाइल पर 'पास' लिखकर आगे बढ़ाई, तो राहुल के दिल से एक बड़ा बोझ उतर गया।

मेडिकल पास होते ही उसे यह एहसास हो गया कि अब मंज़िल ज़्यादा दूर नहीं है, बस आखिरी लड़ाई बाकी है। फाइनल रिटन एग्जाम की तारीख लगभग दो महीने बाद की थी। राहुल ने उसी दिन तय कर लिया कि अब उसे खुद को पूरी तरह पढ़ाई में झोंक देना है।

वह तैयारी के लिए पटना चला गया। वहाँ दिन और रात का फर्क खत्म हो गया था। किताबें, नोट्स और सपने—बस यही उसकी दुनिया बन गई। इसी तैयारी के कारण उसने अंजलि से लगभग एक महीने तक बात नहीं की। यह दूरी मजबूरी थी, बेपरवाही नहीं। उसके दिल में सिर्फ एक ही बात घूमती रहती थी कि किसी भी हाल में उसे नौकरी हासिल करनी है। वह देर रात तक पढ़ता, सुबह जल्दी उठकर दोबारा शुरू हो जाता। पटना की भीड़ में रहते हुए भी उसका मन कटिहार और अंजलि के पास अटका रहता था।

आखिरकार, परीक्षा का वह बहुप्रतीक्षित दिन आ ही गया। राहुल उसी कटिहार के आर्मी ग्राउंड में पहुँचा, जहाँ कुछ समय पहले उसने अपनी पूरी ताकत झोंक कर फिजिकल टेस्ट पास किया था। मैदान को देखते ही उसकी आँखों के सामने पुराने संघर्ष की सारी तस्वीरें एक फिल्म की तरह घूम गईं। परीक्षा शुरू हुई और राहुल पूरी तल्लीनता के साथ एक-एक प्रश्न हल करने लगा। उसे समय बीतने का भान तक न रहा।

दो घंटे कब बीत गए, उसे पता ही नहीं चला। जब पेपर खत्म हुआ, तो उसने एक लंबी और राहत की साँस ली। पचास में से पूरे छियालीस (46) सवाल उसने पूर्ण आत्मविश्वास के साथ हल किए

थे।

एग्जाम खत्म होते ही वह सीधा अंजलि से मिलने पहुँचा। एक लंबे महीने के बाद दोनों आज आमने-सामने थे। राहुल ने भावुक होकर अंजलि को गले लगा लिया और कहा:

राहुल: "अंजलि, इस बार मैं पक्का पास हो जाऊँगा! मैंने 46 सवाल बिल्कुल सही किए हैं।"

यह सुनकर अंजलि खुश हो कर बोली ये आप के मेहनत का नातिजा है जो इतने प्रश्न आप हल किये रिजल्ट आने में अभी सात दिन का वक्त था, और ये सात दिन राहुल के जीवन के सबसे लंबे दिन थे। राहुल अपना रिजल्ट देखने एक कैफे पर गया 1

जैसे ही कंप्यूटर स्क्रीन पर उसका नाम 'पास लिस्ट' में चमकता हुआ दिखा, राहुल अपनी जगह से उछल पड़ा और खुशी से चिल्ला उठा।
उसने यह खुशखबरी अपनी माँ को दी।

इस जीत की खुशी में अंजलि सबसे आगे थी। उसने तुरंत अपनी माँ को फोन मिलाया और गर्व से बताया:

अंजलि: "माँ, राहुल ने आर्मी का एग्जाम पास कर लिया है! अब वह फौजी बन गया है।"

यह सुनकर अंजलि की माँ भी बहुत खुश हुईं। पहली बार उन्हें अपनी बेटी की पसंद पर सच्चा फख्र महसूस हुआ। उन्हें यकीन हो गया कि अंजलि ने अपनी ज़िंदगी के लिए एक सही इंसान चुना है—वो जो प्यार के लिए सिर्फ बातें नहीं करता, बल्कि दिन-रात मेहनत करके उसे हासिल करने का दम भी रखता है।

यह जीत सिर्फ राहुल की नहीं थी, बल्कि उसके भाई अजय, उसकी बहन और उन सभी की थी जिन्होंने हर मुश्किल घड़ी में उसका साथ निभाया था।

राहुल की नौकरी लगने के बाद उसके घर में खुशियों की लहर दौड़ गई थी। उसने अपनी मेहनत से जो सपना देखा था, वह अब साकार हो चुका था। भारतीय सेना में चयन होना केवल एक नौकरी नहीं थी, बल्कि एक जिम्मेदारी थी—देश के लिए कुछ कर गुजरने का जज्बा। सितंबर महीने में राहुल की ट्रेनिंग शुरू होने वाली थी और उससे पहले दस्तावेज़ सत्यापन (Document Verification) की सारी प्रक्रियाएँ पूरी हो चुकी थीं। अब बस जाना बाकी था।

"सफलता समय माँगती है। अगर मेहनत करना इतना ही आसान होता, तो आज हर कोई IAS बन गया होता, हर कोई जिम जाकर बॉडी बना लेता, हर कोई क्रिकेटर या साइंटिस्ट बन चुका होता।आपका फर्ज़ बस इतना है कि आप निरंतर मेहनत करते रहें, क्योंकि देने वाला ऊपर बैठा है। अगर ऊपर वाले को यह लग गया कि इस मेहनत के असली हकदार तुम हो, तो वह तुम्हें वह मुकाम ज़रूर देगा, जिसके असली हकदार सिर्फ तुम होगे।"

इन खुशियों के बीच एक चेहरा था जो धीरे-धीरे उदास होने लगा था—वह चेहरा था अंजलि का। राहुल की सफलता पर उसे गर्व तो था, लेकिन आने वाली लंबी दूरी का ख्याल उसके दिल को भारी कर रहा था। छह महीने की ट्रेनिंग का मतलब था एक लंबा इंतज़ार, अधूरी बातें और खाली शामें। दोनों जानते थे कि यह जुदाई करियर के लिए ज़रूरी है, लेकिन दिल को समझाना इतना आसान नहीं था।

ट्रेनिंग पर जाने से एक दिन पहले अंजलि ने राहुल को 'प्लेटफॉर्म

नंबर पाँच' पर मिलने के लिए बुलाई । यह वही प्लेटफॉर्म था, जहाँ से कुछ ही घंटों बाद राहुल की ज़िंदगी की सबसे लंबी और महत्वपूर्ण यात्रा शुरू होने वाली थी।

स्टेशन पर ज्यादा भीड़ नहीं थी। दोनों चुपचाप बैठे थे; शब्द कम थे लेकिन भावनाएं बहुत गहरी थीं। कभी आँखें मिलतीं, तो कभी नज़रें झुक जातीं। सन्नाटे को तोड़ते हुए अंजलि ने धीमी आवाज़ में पूछा:

अंजलि: "कल शाम को आप ट्रेनिंग के लिए चले जाओगे न?"
अंजलि ने आगे एक इच्छा ज़ाहिर की:
अंजलि: "क्या आप आज रात मेरे घर आ सकते हैं? मैं यह रात आपके साथ बिताना चाहती हूँ।"
राहुल ने बिना किसी हिचकिचाहट के हामी भर दी।

रात के करीब ग्यारह बजे, जब घर के सब लोग सो गए, तब राहुल चुपचाप अंजलि के घर पहुँचा। दोनों ने एक-दूसरे के साथ समय बिताया, ढेर सारी बातें कीं, पुराने लम्हों को याद किया और आने वाले दिनों के सुनहरे सपनों को संजोया।

सुबह के तीन बजते ही राहुल अपने घर लौट आया, क्योंकि उसी दिन उसे ARO (Army Recruiting Office)ऑफिस जाना था और फिर शाम को ट्रेन से अपने नए सफर पर निकलना था।

सुबह जल्दी राहुल ने स्नान किया और मंदिर में पूजा कर अपने नए सफर के लिए आशीर्वाद लिया। घर के हर कोने में उसकी यादें बसी थीं। माँ ने बड़े प्यार से उसके माथे पर हाथ फेरा, उसने पिता की तस्वीर को प्रणाम किया और भाई-बहन ने उसे गले लगाकर विदा किया।

वह सीधे ARO ऑफिस पहुँचा, जहाँ उसके जैसे कई और जवान देश की सेवा के लिए तैयार खड़े थे। सबका एक साथ डिस्पैच होना था। शाम को उसकी ट्रेन थी। राहुल का ट्रेनिंग सेंटर ओडिशा था।

संयोग देखिए, राहुल की ट्रेन उसी प्लेटफॉर्म संख्या पाँच से जाने वाली थी, जहाँ उसने अंजलि के साथ कई लंबे लम्हे बिताए थे। राहुल के साथ उसके कुछ साथी भी थे जो उसी के साथ ट्रेनिंग पर जा रहे थे। तभी अंजलि अपनी माँ, भाई वरुण और नानी के साथ स्टेशन पहुँची। उसके हाथों में गुलाब का एक खूबसूरत बुके था, जो वह खास राहुल के लिए लाई थी।

अंजलि ने सबके सामने राहुल को गले लगा लिया। वह उसे छोड़ना नहीं चाहती थी। तभी ट्रेन का समय हो गया और हॉर्न की आवाज़ गूँज उठी, लेकिन अंजलि ने अभी भी राहुल का हाथ थामे रखा था।

अंजलि (सिसकते हुए): "मुझे भूल मत जाना और रोज कॉल करना।"
राहुल ने उसे धीरज बँधाते हुए भरोसा दिलाया:

राहुल: "मैं वादा करता हूँ कि रोज फोन करूँगा। और सुनो, अगर कभी ट्रेनिंग में व्यस्त होने की वजह से एक-दो दिन कॉल न कर पाऊँ, तो तुम उदास मत होना।"

धीरे-धीरे ट्रेन चलने लगी। राहुल ने अपने कदम पीछे खींचे और कोच के अंदर चढ़ गया। प्लेटफॉर्म पर खड़ी अंजलि की आँखों से आँसू बह रहे थे। राहुल ने खिड़की से बाहर झुककर पूरी ताकत से कहा:
राहुल: "I Love You Anjali Forever!"

उसने हाथ हिलाकर विदा ली और ट्रेन अपनी मंज़िल की ओर बढ़ती

चली गई।

जैसे-जैसे ट्रेन आगे बढ़ रही थी, प्लेटफॉर्म पर खड़े लोग धीरे-धीरे छोटे होते चले गए और ओझल हो गए। उस सफर में राहुल खिड़की से बाहर देखते हुए अपने बीते हुए हर पल को याद कर रहा था। उसे बखूबी एहसास था कि आने वाले दिन आसान नहीं होंगे; ट्रेनिंग की सख्ती, अनुशासन और अपनों से दूरी—ये सब उसे और भी मजबूत बनाएँगे।

वहीं दूसरी ओर, अंजलि स्टेशन पर खड़ी तब तक ट्रेन को देखती रही जब तक वह आँखों से ओझल नहीं हो गई। उसकी आँखों में एक बेबसी थी, लेकिन साथ ही एक गहरा गर्व भी था कि वह जिस इंसान से प्यार करती है, वह आज देश की सेवा के लिए जा रहा है।

भाग 7

राहुल जब ट्रेनिंग सेंटर पहुँचा, तो हल्की-हल्की बारिश हो रही थी। बारिश की वे बूंदें मानो उसका स्वागत कर रही थीं। एक लंबा सफर तय करने के बाद राहुल का शरीर थका हुआ था, लेकिन मन में एक नई उमंग थी। वह अपना सामान संभाले हुए चुपचाप अपने बैरक की तरफ बढ़ा।

वहाँ का माहौल पूरी तरह बदला हुआ था:

चारों तरफ अनुशासन की गूँज थी।

वर्दी में मुस्तैद जवान और सख्त आवाजें सुनाई दे रही थीं।

हर काम समय की पाबंदी के साथ हो रहा था।

बारिश में भीगते हुए जब वह अपने बैरक पहुँचा, तो उसे पहली बार यह अहसास हुआ कि अब उसकी जिंदगी पूरी तरह बदल चुकी है।

सेंटर पहुँचते ही सबसे पहले दस्तावेज़ सत्यापन (Document Verification) की प्रक्रिया शुरू हुई। हर कागज़ को बारीकी से परखा गया, नाम पुकारे गए और हाजिरी लगाई गई। सब कुछ बेहद व्यवस्थित और सख्त नियमों के तहत हो रहा था।

शुरुआत के एक हफ्ते नए रंगरूटों को वहाँ के माहौल से परिचित कराया गया। इसके ठीक बाद असली ट्रेनिंग का आगाज़ हुआ:

ट्रेनिंग शुरू होने से पहले सभी जवानों के बाल बहुत छोटे कर दिए गए। आईने में खुद को देखकर राहुल को थोड़ा अजीब लगा l
टोली का गठन, पूरे बैच को अलग-अलग स्क्वाड (Squad) में बाँटा गया। हर स्क्वाड में 25 जवान थे।

वे सभी अलग-अलग जगहों से आए थे, उनकी भाषाएँ और रीतियाँ अलग थीं, लेकिन अब उन सबका लक्ष्य सिर्फ एक ही था। ट्रेनिंग को पूरा करना l

राहुल की सुबह अब अलार्म से नहीं, बल्कि भोर के चार बजे गूँजने वाली सीनियर की सीटी की आवाज़ से शुरू होती थी। नींद पूरी होने की कोई गुंजाइश नहीं थी; उठते ही फुर्ती से शेविंग करना, ब्रश करना और वर्दी पहनकर परेड के लिए तैयार होना अनिवार्य था।

शारीरिक प्रशिक्षण (PT): दिन का पहला पड़ाव 'फिजिकल ट्रेनिंग' होता था। इसमें लंबी दौड़ लगवाई जाती थी, जहाँ शरीर जवाब देने लगता और साँसें फूलने लगती थीं। लेकिन वहाँ रुकना मना था, क्योंकि यह शरीर की सीमाओं को तोड़ने की शुरुआत थी।

ड्रिल: सेना की आत्मा: पीटी के बाद 'ड्रिल' का अभ्यास होता था। कदम से कदम मिलाकर चलना और एक साथ मुड़ना केवल शारीरिक क्रिया नहीं थी, बल्कि यह अनुशासन और आदेशों के पालन का सबसे बड़ा सबक था। राहुल अब समझने लगा था कि सेना में अनुशासन को सबसे ऊपर क्यों रखा जाता है।

ट्रेनिंग का अगला चरण तकनीक और जिम्मेदारी से जुड़ा था।

शस्त्र प्रशिक्षण (Weapon Training): राहुल ने यहाँ राइफल को खोलना, जोड़ना और उसकी सफाई करना सीखा। उसे एहसास हुआ कि हर हथियार के साथ केवल शक्ति नहीं, बल्कि एक बड़ी

जिम्मेदारी भी जुड़ी होती है।

मैप रीडिंग: नक्शे को देखकर दिशा पहचानना, दूरी का सटीक अंदाजा लगाना और युद्ध की रणनीति बनाना राहुल के लिए बिल्कुल नया और रोमांचक अनुभव था।

ट्रेनिंग जैसे-जैसे कठिन होती गई, राहुल के भीतर एक अनूठा आत्मविश्वास जन्म लेने लगा। यहाँ केवल ड्रिल और हथियार ही नहीं थे, बल्कि खेलकूद भी प्रशिक्षण का अहम हिस्सा थे।

क्रॉस-कंट्री, बॉक्सिंग, कुश्ती, कबड्डी और फुटबॉल जैसे खेलों में जवानों को बढ़-चढ़कर भाग लेना पड़ता था। राहुल को इनमें से कोई खेल विशेष तौर पर नहीं आता था, क्योंकि उसे केवल क्रिकेट पसंद था, जो यहाँ की ट्रेनिंग का हिस्सा नहीं था। ऐसे में वह अक्सर किनारे बैठकर दूसरों के लिए तालियाँ बजाता और उनका हौसला बढ़ाता था।

हार-जीत से परे, उसे मैदान पर खिलाड़ियों की टीम भावना और जोश को देखने में बड़ा आनंद आता था। धीरे-धीरे राहुल को यह सत्य समझ आ गया कि यह ट्रेनिंग केवल शरीर को पत्थर जैसा मजबूत बनाने के लिए नहीं, बल्कि मन को फौलाद बनाने के लिए थी।

राहुल के जाने के बाद अंजलि की दुनिया जैसे ठहर सी गई थी। सब कुछ पहले जैसा होते हुए भी अब कुछ भी वैसा नहीं रहा था। अंजलि की दिनचर्या अब केवल एक यांत्रिक प्रक्रिया बनकर रह गई थी, जिसमें वह शारीरिक रूप से तो मौजूद रहती, लेकिन मानसिक रूप से कहीं दूर राहुल की यादों में खोई रहती।

अंजलि जब रोज़ अपनी स्कूटी से मेडिकल कॉलेज जाती, तो उसकी

नज़रें अनजाने में ही भीड़ में राहुल का चेहरा ढूंढने लगतीं। रास्ते में वह पुराना मंदिर आज भी वहीं था l मंदिर की घंटियों की आवाज़ और अगरबत्ती की खुशबू अंजलि को उन सुनहरे पलों में वापस ले जाती, जहाँ राहुल का साथ था।

चलते हुए रास्तों पर जब उसे राहुल नहीं दिखता, तो वह खालीपन उसके दिल को और भारी कर देता। कभी हाथ पकड़कर चलना, साथ में चाय पीना और बिना वजह घंटों खड़े रहना—ये यादें उसकी आँखों को नम कर देती थीं।

मेडिकल कॉलेज की पढ़ाई, जो कभी अंजलि का सपना थी, अब उसे बोझ लगने लगी थी। किताबें खुली होतीं, लेकिन शब्द धुंधले पड़ जाते। जब दर्द हद से बढ़ जाता, तो वह चुपचाप वॉशरूम में जाकर रो लेती ताकि उसकी 'टूटी हुई' हालत किसी को नज़र न आए। वह अंदर ही अंदर हर पल राहुल को महसूस करती और उसे याद करती।

इस कठिन दौर में अंजलि की दो सहेलियाँ, वंदना और नेहा, उसकी सबसे बड़ी ताकत थीं। वे अंजलि के दर्द को बिना कहे समझ जाती थीं। लंच ब्रेक के दौरान अक्सर उनके बीच जो बातें होती थीं, वे अंजलि के बोझिल मन को थोड़ा हल्का कर देती थीं।

अंजलि: (लंच के वक्त लंबी साँस लेते हुए) "पता नहीं क्यों, आज फिर वही मंदिर देखकर मन बहुत उदास हो गया। सब कुछ वैसा ही है, बस राहुल..."
वंदना: (अंजलि का हाथ थामते हुए और माहौल को हल्का करने के लिए मुस्कुराते हुए) "अरे पगली, तू इतना क्यों सोचती है? देख लेना, तेरे 'आर्मी वाले साहब' जब लौटेंगे, तो सबसे पहले तुम्हारे पास ही आएंगे।"
नेहा: (मजाक के लहजे में छेड़ते हुए) "बिल्कुल सही! और अब तो

अंजलि मैडम भी 'फौजी की बीवी' बनने की पूरी तैयारी कर रही हैं। क्यों अंजलि, है ना?"
अंजलि: (पहले शर्माते हुए और फिर एक फीकी मुस्कान के साथ) "तुम लोग भी न..."

कभी-कभी दोनों दोस्त उसे राहुल का नाम लेकर चिढ़ाती भी थीं। जानबूझकर उसके सामने आर्मी के गाने चला देतीं या बोलतीं कि आज कॉल आया क्या। अंजलि गुस्सा होने का नाटक करती लेकिन अंदर से उसे अच्छा लगता कि कोई तो है जो उसके दर्द को समझता हो।

हर दिन अंजलि मंदिर जाती थी। हाथ जोड़कर बस एक ही दुआ मांगती थी कि राहुल की ट्रेनिंग अच्छे से पूरी हो जाए और वह सुरक्षित रहे। उसे जल्दी घर लौटता हुआ देख सके।

ट्रेनिंग के दौरान सज़ा मिलना आम बात थी। कई बार गलती एक जवान करता था, लेकिन सज़ा पूरे दस्ता (Troop) को मिलती थी। इसका कारण यह था कि सेना में अकेला कोई नहीं होता, सब एक-दूसरे से जुड़े होते हैं। यदि कोई शारीरिक प्रशिक्षण (PT) के लिए देर से पहुँचता, तो पूरी टुकड़ी को भुगतना पड़ता था। कभी ड्रिल के लिए देर हो जाती, तो कभी हथियार प्रशिक्षण के लिए। इसका सबसे बड़ा कारण यह था कि हर प्रशिक्षण काल का पहनावा अलग होता था। एक वर्दी उतारो, दूसरी पहनो और बिना रुके एक मैदान से दूसरे मैदान की ओर दौड़ लगाओ। उनके प्रशिक्षक (Trainer/उस्ताद) बेहद सख्त और अनुशासन प्रिय थे। उनकी आँखों में गुस्सा कम, नियम ज़्यादा झलकता था। ज़रा-सी गलती होते ही दंड शुरू हो जाता। कभी गले में टायर डाल दिया जाता, कभी भारी बोरी कंधों पर रखवा दी जाती। कभी बल्ली (पेड़ का टहनी), कभी उठक-बैठक, कभी कीचड़ में लोटना, तो कभी हाथ-पैर के सहारे दीवार से सटा कर खड़ा कर दिया जाता। सबसे खतरनाक रेंग कर

चलना होता था जिसमें कोहनी के ऊपर चलना पड़ता था। शरीर दर्द से टूटने लगता, साँसें तेज़ हो जातीं, लेकिन रुकने की इजाज़त नहीं होती। वहाँ सिखाया जाता था कि दर्द से भागना कायरता है, और सहना ही सैनिक की पहचान है। पूरा दिन इसी कठोर प्रशिक्षण में बीत जाता।

शाम को लंबी लाइन लगती थी। बहुत इंतज़ार के बाद हर जवान को केवल पंद्रह मिनट के लिए सार्वजनिक टेलीफोन पर बात करने का अवसर मिलता था। ट्रेनिंग के दौरान मोबाइल रखने की अनुमति नहीं थी।

राहुल के लिए ये पंद्रह मिनट उसकी पूरी दुनिया थी। सबसे पहले वह अपनी माँ को फोन करता। माँ की आवाज़ सुनते ही उसकी आँखें भर आतीं, लेकिन वह खुद को संभाल लेता।
माँ पूछती: "बेटा, ठीक तो हो?"
राहुल हमेशा की तरह कहता: "हाँ माँ, सब ठीक है।"

वह माँ को कभी नहीं बताता कि उसका शरीर कितना थक चुका है। फिर वह अपने भाई-बहनों से बात करता। उनकी पढ़ाई, घर की बातें और छोटी-छोटी खुशियाँ सुनकर उसे थोड़ी राहत मिलती। लेकिन जिस पल का उसे सबसे ज्यादा इंतज़ार रहता, वह था अंजलि से बात करने का।

अंजलि फोन उठाते ही रोने लगती। उसके पास कहने को शब्द नहीं होते थे। राहुल उसे चुप कराता, समझाता और हिम्मत देता।
वह कहता: "मैं ठीक हूँ, बस कुछ दिन और!"

लेकिन सच यह था कि अंजलि की याद राहुल को भी उतनी ही सताती थी। दिन भर की सख्ती और दर्द के बाद अंजलि की आवाज़ उसके लिए सबसे बड़ी ताक़त बन जाती थी।

दोनों का प्यार दूरियों में भी ज़िंदा था। फोन पर ही वे अपने दिल की बातें करते। वही हँसी, वही अपनापन। कई बार शब्द भी कम पड़ जाते, तब खामोशी ही बहुत कुछ कह जाती। फोन पर ही एक-दूसरे को प्यार जताते, मानो कुछ पल के लिए सारी दूरियाँ मिट गई हों।

लेकिन समय बहुत तेज़ी से बीतता था। पंद्रह मिनट कब खत्म हो जाते, पता ही नहीं चलता। आदेश मिलता और राहुल को फोन रखना पड़ता। फोन रखते ही दिल भारी हो जाता। अंजलि के आँसू उसकी आँखों के सामने घूमने लगते, लेकिन वह कुछ कह नहीं पाता। फिर वह चुपचाप दोबारा लाइन में लग जाता।

ट्रेनिंग के दौरान खाना अच्छा मिलता था, लेकिन खाने का समय बहुत कम होता था। कभी लगता था कि अभी थाली उठाई ही थी और अगले ही पल फिर से मैदान में खड़े हैं। जीवन पूरी तरह समय के नियमों में बँधा हुआ था। हर मिनट की कीमत थी।

प्रशिक्षण केंद्र पूरे एशिया में अपने सख्त और अनुशासित प्रशिक्षण के लिए जाना जाता था। इसकी सबसे बड़ी वजह थी समुद्र के किनारे स्थित होना। सुबह की पहली किरण के साथ ही राहुल और उसका पूरा स्क्वाड पी.टी. के लिए तैयार हो जाता। लहरों की आवाज़ के बीच रेत पर दौड़ लगाना, नम हवा में सांस लेना और शरीर को हर हाल में मज़बूत बनाना - यही यहाँ की पहचान थी।

कई बार सज़ा के तौर पर उस्ताद लोग पूरे स्क्वाड को समुद्र के पानी में डुबो देते थे। बाहर से देखने वालों को यह कठोर लगता था, लेकिन सच्चाई यह थी कि उस्ताद किसी को परेशान नहीं करना चाहते थे। उनका एक ही मकसद था - हर जवान को मानसिक और शारीरिक रूप से इतना मज़बूत बनाना कि वह देश की हर

चुनौती का सामना कर सके।

राहुल ने भी इस प्रशिक्षण में खुद को पूरी तरह झोंक दिया था। गलती किसी एक की होती, सज़ा पूरे स्क्वाड को मिलती ताकि टीम भावना और ज़िम्मेदारी का असली मतलब समझ में आए।

अब राहुल की बेसिक ट्रेनिंग लगभग पूरी होने वाली थी। बस पी.टी. (PT), ड्रिल और वेपन से जुड़े कुछ आखिरी टेस्ट बाकी थे। इसके बाद राहुल को उसका ट्रेड 'ऑपरेटर' मिल चुका था जिसकी अलग से ट्रेनिंग होनी थी। मगर बेसिक ट्रेनिंग खत्म होते ही 28 दिनों की छुट्टी मिलने वाली थी। यह सोचकर ही राहुल के चेहरे पर मुस्कान आ गई। उसने तुरंत घर फोन किया। माँ को और अंजलि को बताया कि वह होली से तीन दिन पहले घर आ जाएगा। माँ की आवाज़ में खुशी थी और अंजलि की चुप्पी में इंतज़ार!

बेसिक ट्रेनिंग पूरी होने के बाद जब राहुल को 28 दिनों की छुट्टी मिली, तो उसके भीतर एक बेचैनी और खुशी साथ-साथ दौड़ रही थी। जैसे ही ट्रेन रेलवे स्टेशन कटिहार के प्लेटफॉर्म नंबर 5 पर आकर रुकी, राहुल ने अपना सूटकेस उठाया और दरवाजे से नीचे उतरा।

उसी पल सामने वाली बेंच पर बैठी अंजलि की नज़र उस पर पड़ी। आर्मी यूनिफॉर्म, सलीके से कटा हुआ हेयरस्टाइल और आँखों पर चश्मा—राहुल पहले से कहीं ज़्यादा सधा हुआ और एक सैनिक जैसा लग रहा था। ट्रेनिंग ने उसे थोड़ा पतला ज़रूर कर दिया था, लेकिन आत्मविश्वास उसकी चाल में साफ़ दिख रहा था।

अंजलि एक पल भी नहीं रुकी। वह दौड़ती हुई आई और राहुल को कसकर गले लगा लिया, जैसे डर हो कि कहीं वह फिर उससे दूर न चला जाए। अंजलि उसके लिए गुलाब का गुलदस्ता और

उसकी पसंदीदा डेयरी मिल्क चॉकलेट लाई थी। राहुल हल्के से मुस्कुराया, सूटकेस उठाया और अंजलि के कंधे पर हाथ रख दिया। बिना ज़्यादा कुछ कहे दोनों सीधे अंजलि के घर की ओर निकल पड़े।

घर पर अंजलि की मम्मी और नानी पहले से इंतज़ार कर रही थीं। जैसे ही राहुल अंदर आया, सबके चेहरे खिल उठे। वर्दी में उसे देखकर नानी ने दुआ दी और अंजलि की मम्मी की आँखों में संतोष साफ़ दिख रहा था। खाना लगा, राहुल ने सादगी से खाया और ट्रेनिंग के किस्से सुनाए—कैसे अनुशासन ने उसे समय की कीमत सिखाई और कैसे थकान के बावजूद हिम्मत नहीं टूटी।

कुछ देर बाद अंजलि और राहुल को अकेले बैठने का वक्त मिला। राहुल ने धीरे से अंजलि का हाथ थाम लिया। अंजलि ने बिना कुछ कहे सिर झुका लिया।

दोनों की साँसों की आवाज़ तक सुनाई देने लगी थी। राहुल ने हल्के से अंजलि के होठों को चूमा, अंजलि ने राहुल को सीने से लगा लिया कसकर और वो अपने प्यार में इस तरह घुल गए जैसे चीनी पानी में I

शाम ढलते ही राहुल फिर से स्टेशन भागा, क्योंकि उसका भाई अजय उसे लेने आया था। घर वालों को यह नहीं पता था कि राहुल पहले ही अंजलि से मिल चुका है। जब राहुल अपने घर पहुँचा और माँ ने उसे यूनिफॉर्म में देखा, तो उनकी आँखें भर आईं।

माँ ने भावुक होकर कहा, "आज अगर तुम्हारे पापा होते, तो तुम्हें इस हाल में देखकर बहुत खुश होते।"
घर के सभी भाई-बहन गले मिले। माँ ने प्यार से उसे टोकते हुए कहा, "तू तो बहुत कमज़ोर हो गया है। ट्रेनिंग में खाना नहीं मिलता

था क्या?"
राहुल हँस पड़ा और बोला— "अगर मोटा ही होना होता, तो ट्रेनिंग किस बात की होती माँ?"

होली का दिन आ चुका था। सुबह से ही राहुल होली खेलने में मस्त था। चारों ओर रंगों की खुशबू फैल चुकी थी। माँ, भाई-बहन और गाँव वालों के साथ राहुल ने जमकर होली खेली। उसके बाद दोस्तों की टोली आई— हँसी, शोर और शरारतों के साथ दिन मानो उड़ता चला जा रहा था।

दोपहर होते-होते राहुल अपने खास दोस्त अमन को साथ लिया और अंजलि के घर की ओर निकल पड़ा। उधर अंजलि बिना रंग लगाए, सादे कपड़ों में बेसब्री से राहुल का इंतज़ार कर रही थी। उसकी बहन पायल उसे छेड़ते हुए बोली:

"क्या बात है दीदी, आज रंग नहीं लगाया? क्या राहुल जीजू के हाथ से ही रंग लगवाओगी?"
अंजलि यह सुनकर शर्मा कर मुस्कुरा दी।

राहुल और अमन दरवाज़े पर पहुँचे, माहौल और भी रंगीन हो गया। घर में बने पकवानों की खुशबू, हँसी-मज़ाक और अपनापन— सब कुछ मिलकर त्योहार को खास बना रहा था।

थोड़ी देर बाद अंजलि बाल्टी में रंग लेकर आई। उसने शरारती मुस्कान के साथ राहुल पर रंग की बाल्टी उड़ेल दी। अंजलि ने अपने हाथों से राहुल के चेहरे पर अबीर-गुलाल लगाया। धीरे से, सलीके से, राहुल ने भी अंजलि को पूरा रंगों से पोत दिया। तभी पायल भागने लगी, लेकिन राहुल ने हँसते हुए उसे पकड़ लिया और रंग लगा दिया। अंतिम में सबने मिलकर ढेर सारी तस्वीरें खिंचवाईं।

खींची गई तस्वीरों में रंगों से भरे चेहरे, सच्ची मुस्कान और ऐसी यादें थीं जो हमेशा के लिए कैद हो गईं।

राहुल की छुट्टियों के दिन जैसे-जैसे बीत रहे थे, उसका ज़्यादातर वक्त अंजलि के पास गुज़रने लगा था। दिन में सब कुछ सामान्य रहता था— रिश्तेदार और बातें; लेकिन रात ग्यारह बजते ही वह चुपचाप बाहर निकल पड़ता। न कोई आवाज़, न कोई आहट— वह सीधे अंजलि के कमरे तक पहुँच जाता।

अंजलि उसके आने का इंतज़ार करती रहती। कमरे की हल्की रोशनी, खिड़की से आती ठंडी हवा और दो लोगों का सुकून— वे रातें उनके लिए किसी भी शोरगुल से दूर अपनी एक अलग दुनिया बन गई थीं। दोनों साथ बैठते, बातें करते और कई बार बिना ज़्यादा बोले ही उन्हें नींद आ जाती— एक ऐसा सुकून, जो सिर्फ अपनापन देता है। उन पलों में वे पति-पत्नी की तरह साथ थे।

दिन में भी राहुल हर मौका ढूँढ लेता। कभी-कभी वह अंजलि के मेडिकल कॉलेज पहुँच जाता। दोनों साथ लंच करते और अंजलि उसे अपनी सहेलियों से मिलवाती। कॉलेज के कैंपस में राहुल को देखकर लोग समझ जाते कि यह कोई साधारण रिश्ता नहीं है। अंजलि के चेहरे पर एक अलग सा भरोसा रहता और राहुल की आँखों में उसके लिए सुरक्षा का भाव।

लेकिन वक्त रुका नहीं। धीरे-धीरे छुट्टियाँ खत्म होने लगीं। राहुल को फिर से एडवांस ट्रेनिंग के लिए जाना था। जैसे-जैसे जाने का दिन पास आता गया, अंजलि के मन में डर गहराने लगा। उसे लगने लगा कि अब राहुल की नौकरी हो चुकी है, उसकी दुनिया बड़ी हो गई है, कहीं वह उससे दूर न हो जाए।

अंजलि ने यह डर राहुल से छुपाया नहीं। एक रात, उसने अपने दिल की सारी बात कह दी। राहुल ने उसकी बात सुनी और हंसने लगा।

"मैं बदल रहा हूँ, लेकिन तुम्हें छोड़कर नहीं।" राहुल ने अंजलि के दोनों हाथ को पकड़ कर बोला।

"त्वमेव जीवनं मम, त्वमेव प्राणधारिणी।
त्वमेव हृदयस्य स्पन्दः, त्वमेव मम सर्वस्वम्॥"

अंजलि को संस्कृत समझ में नहीं आई, वह उलझन भरी नज़रों से राहुल को देखने लगी।

अंजलि: "इसका मतलब क्या है, राहुल?"

राहुल: "इसका मतलब है... तुम ही मेरा जीवन हो, तुम ही मेरी साँसों का आधार हो। तुम ही मेरे दिल की धड़कन हो और अंजलि, तुम ही मेरा सब कुछ हो।"

अंजलि: "तुम संस्कृत के श्लोक बहुत अच्छे से बोल लेते हो..." राहुल एक और श्लोक कहो न

राहुल: "त्वं विना अहं स्वर्गमपि न इच्छामि।"

अंजलि: "इसका क्या मतलब है?"

राहुल: "तुम्हारे बिना मुझे स्वर्ग भी नहीं चाहिए।"

अंजलि: (मिले-जुले भाव से) "इतना गहरा अर्थ... राहुल, क्या तुम सच में ऐसा महसूस करते हो?"

राहुल: (मुस्कुराते हुए) "स्वर्ग की कल्पना सुंदर हो सकती है अंजलि, लेकिन मेरी दुनिया तो वहीं है जहाँ तुम हो।"

अंजलि: "इतना प्यार मेरे से कब हुआ, राहुल!"

राहुल: (हँसकर बोला)... "जब पहली बार प्लैटफ़ॉर्म संख्या पाँच पर मिली थी तभी से।"

राहुल की बात सुनकर दोनों एक साथ हँसने लगे।

भाग 8

गाँव छोटा था... और छोटे गाँव में खबरें पंख लगाकर उड़ती हैं। कई लोगों ने राहुल और अंजलि को साथ में रेस्टोरेंट में बैठे देखा था, कभी बाजार में बाइक पर घूमते हुए। कुछ शुभचिंतक बनकर राहुल की माँ के पास भी आ गए।

एक दिन दोपहर को पड़ोस की चाची आँगन में बैठी थीं। धीरे से बोलीं—

"भौजी, बुरा मत मानना... पर आपका राहुल उस अंजलि के साथ अक्सर दिख रहा है। आजकल के लड़के-लड़कियाँ जल्दी ही रास्ता भटक जाते हैं।"

राहुल की माँ हल्की मुस्कान लाकर बोलीं—

"अरे , अभी तो बच्चा है। ऐसे भी अंजलि रिश्ते में आती है और साथ की है उसकी दोस्ती होगी... और क्या?"
चाची ने सिर हिलाया—

"हम तो बस अपना फर्ज समझ के बता दिए। गाँव है... बातें बनते देर नहीं लगती।"

उस दिन माँ ने बात तो हँसी में उड़ा दी, लेकिन उनके मन में एक हल्की सी चिंता होने लगी I

रात का समय था। राहुल कमरे में बैठा मोबाइल पर धीमे-धीमे बात कर रहा था।
"अंजलि, तुम टेंशन मत लो... मैं सब संभाल लूँगा," वह फुसफुसाया।

उसी समय दरवाजे पर उसकी बड़ी बहन खड़ी थी। उसने आधी बात सुन ली। मुस्कुराते हुए अंदर आई—
"कौन है राहुल? इतनी धीरे-धीरे किससे बात हो रही है?"
राहुल थोड़ा घबरा गया—
"को... कोई नहीं दीदी, दोस्त है बस।"
बहन ने छेड़ते हुए कहा—
"दोस्त... या खास दोस्त?"
राहुल ने नजरें झुका लीं।
"दीदी, आप भी ना..."
उधर रसोई में खड़ी माँ सब देख रही थीं। उस रात खाना खाते वक्त माँ ने सहज स्वर में पूछा—
"राहुल, ये अंजलि कौन है?"
राहुल चौंक गया—
"क... कौन अंजलि?"
माँ ने सीधी नजरों से देखा—
"जिससे तुम रोज फोन पर बात करते हो। बेटा, माँ से कुछ छिपता नहीं।"
राहुल धीमे स्वर में बोला—

"माँ... वो मेरी दोस्त है। बस..."
माँ ने गहरी साँस ली—

धीरे-धीरे यह बात घर के बाकी लोगों तक भी पहुँच गई। एडवांस ट्रेनिंग पर जाने से पहले, अंजलि ने राहुल को अपने नानी के घर बुलाया।

रात होते ही, हर बार की तरह राहुल चुपके से अंजलि के कमरे की ओर बढ़ा। लेकिन इस बार कमरे का माहौल कुछ अलग था। जैसे ही राहुल कमरे में दाखिल हुआ, कमरे के बीचों-बीच लाल चुनरी, हल्दी, रोली, चावल, दीपक, नारियल, धूपबत्ती—शादी की हर एक सामग्री सलीके से सजी हुई थी। सामने दीवार पर दुर्गा माँ की तस्वीर टंगी थी, जिसके आगे आसन बिछा हुआ था।

राहुल ने हैरानी से पूछा—
राहुल: “अंजलि... ये सब क्या है?”
अंजलि लाल साड़ी में खड़ी थी। वही साड़ी, जो उसने पहले ही अपनी माँ से लेकर संभालकर रखी थी।

अंजलि (धीरे लेकिन साफ आवाज़ में): “आज, राहुल... मुझे आपसे शादी करनी है। अभी।”
राहुल कुछ पल उसे देखता रहा।
उसे समझ में आ गया था—अंजलि को डर है।

डर इस बात का कि नौकरी लगने के बाद कहीं राहुल बदल न जाए... कहीं दूरियाँ दिलों में न आ जाएँ।

राहुल: “तुम्हें मुझ पर भरोसा नहीं है क्या?”
अंजलि (आँखें झुकाकर): “भरोसा है... पर डर भी है। आप अब फौजी बनने जा रहे हो। दुनिया बदल जाएगी आपकी... मैं कहीं पीछे न छूट जाऊँ।”

राहुल ने कभी अंजलि की बात नहीं टालता था। आज भी नहीं।

राहुल: “अगर इससे तुम्हें सुकून मिलेगा... तो आज ही सही।”

अंजलि ने राहुल को अपने नाना की धोती और कुर्ता थमाया।
अंजलि: “ये पहन लीजिए... आज आप मेरे दूल्हे बनोगे।”
राहुल ने अपने कपड़े बदले।
अंजलि लाल साड़ी में, माथे पर बिंदी लगाए, बिल्कुल दुल्हन की तरह सजी थी।
राहुल धोती-कुर्ता पहनकर दुर्गा माँ की तस्वीर के सामने आकर बैठ गया।
अंजलि ने मोबाइल में शादी के मंत्र चला दिए। कमरे में धीमी-धीमी मंत्रों की आवाज़ गूंजने लगी।
दीपक जलाया गया। छोटी सी अग्नि जलाई गई।

अंजलि (मंत्रों के बीच): “जैसे-जैसे विधि होती है... वैसे-वैसे सब करेंगे, राहुल।”
दोनों अग्नि के सामने खड़े हुए।
अंजलि हर रस्म निभाती गई।
हाथों में हाथ डाले, दोनों ने अग्नि के फेरे लिए।

राहुल (फेरों के समय): “सात जन्म तक साथ निभाऊँगा।”
मंत्रों की आवाज़, दीपक की लौ
राहुल ने अपने हाथों से मंगलसूत्र उठाया और अंजलि के गले में पहना दिया।
फिर हाथों से उसकी माँग में सिंदूर भरा।
उस पल अंजलि की आँखों से आँसू बह निकले।
बाहर कोई ढोल-नगाड़े नहीं थे।
कोई बारात नहीं थी।
कोई मेहमान नहीं थे।

लेकिन उस छोटे से कमरे में, दुर्गा माँ की तस्वीर के सामने, शादी

की हर विधि पूरी की गई थी।
दोनों ने एक-दूसरे के हाथ पकड़ लिए।
राहुल: "आज से तुम मेरी पत्नी हो।"
अंजलि: "और आप मेरे पति।"
दोनों ने एक-दूसरे को पति-पत्नी के रूप में स्वीकार कर लिया।
साक्षी सिर्फ अग्नि और माँ दुर्गा थीं।

अंजलि अब सचमुच बदल चुकी थी।उसकी माँग में हमेशा सिंदूर रहने लगा था। करवा चौथ, तीज, वट सावित्री—हर वह व्रत जो एक पत्नी अपने पति के लिए करती है, वह पूरे मन से करने लगी थी।

हाँ... वह सिंदूर बालों के बीच गहराई में लगाती थी, ताकि किसी की नज़र सीधे उस पर न पड़े।
दुनिया से छुपाकर... पर दिल से खुले तौर पर, वह खुद को राहुल की पत्नी मान चुकी थी।

सुबह का समय। हल्की भीड़।

लाउडस्पीकर पर ट्रेन की अनाउंसमेंट।
राहुल अपना बैग कंधे पर टाँगे प्लेटफॉर्म संख्या 5 पर खड़ा था।

उसी भीड़ में से सिर पर दुपट्टा लिए अंजलि आती दिखी।
आज वह किसी कॉलेज की लड़की नहीं लग रही थी।
वह एक पत्नी की तरह सजी थी।
माँग में पूरा सिंदूर... छुपाकर नहीं, आज खुलकर।
हाथ में एक छोटा सा थैला।
राहुल उसे देखते ही थोड़ा घबरा गया।
राहुल (धीरे, चिंतित होकर):

"अंजलि... ये क्या? इतना सारा सिंदूर लगाकर आई हो? कोई देख

लिया ना... तो बहुत बड़ा कांड हो जाएगा दोनों घर वालों के बीच।"

अंजलि (शांत लेकिन दृढ़ आवाज़ में):
"आज आपको विदा करने आई हूँ... पत्नी की तरह। छुप-छुप कर नहीं।"
इतने में ट्रेन ने हल्की सी सीटी मारी।
अंजलि ने थैला आगे बढ़ाया।
अंजलि: "ये आपके लिए खाना बनाया है... खुद से। मिर्ची कम डाली हूँ।"
राहुल हल्का सा मुस्कुराया,
अचानक अंजलि झुक गई...
और राहुल के पैर छू लिए।
राहुल चौंक गया।

राहुल (हँसते हुए, उसे उठाते हुए):"अरे! ये क्या कर रही हो, अंजलि?"
अंजलि: "आपके लिए उस रात की शादी मज़ाक हो सकती है... पर मेरे लिए नहीं।
मैं आपकी पत्नी हूँ।"

राहुल कुछ पल चुप रहा।
उसे अपनी बात पर पछतावा हुआ।
राहुल (धीरे से):"ठीक है... सॉरी, अंजलि।"
उसने उसके सिर पर हाथ रखा।
राहुल:"खुश रहो... हमेशा।"
फिर हल्के से उसके माथे को चूमा... और उसे सीने से लगा लिया।
लाउडस्पीकर पर आवाज़ आई—

"ट्रेन कुछ ही क्षणों में प्रस्थान करेगी..."
राहुल ट्रेन में चढ़ गया। दरवाज़े पर खड़ा होकर अंजलि को देखने

लगा।
अंजलि (आँखों में आँसू, पर मुस्कान के साथ):

“खाना खा लेना... टाइम निकाल कर कॉल करते रहना... और अपना ख्याल रखना।”
ट्रेन ने लंबी सीटी मारी।
पहिए धीरे-धीरे घूमने लगे।

अंजलि ट्रेन के साथ-साथ कुछ दूर तक चलती रही।
अंजलि (धीरे से):“जल्दी वापस आना...”
ट्रेन की रफ्तार बढ़ गई।

अब वह साथ नहीं चल पा रही थी।
वह वहीं रुक गई।
हाथ हवा में उठाकर...
धीरे-धीरे “बाय” करती रही।

राहुल दरवाज़े से झुककर उसे देखता रहा...

भाग 9

सुबह की पीटी (PT) से लेकर ड्रिल तक—हर दिन शरीर और मन दोनों की परीक्षा होती। हथियारों की ट्रेनिंग, रूट मार्च, नाइट नेविगेशन, जंगल कैंप—हर अभ्यास में यही सिखाया जाता कि मुश्किल हालात में दिमाग शांत रहे।

ऑपरेटर के तौर पर उसे संचार की बारीकियां सिखाई जातीं—कैसे संदेश साफ़ जाए, कैसे संकट में संपर्क न टूटे। कई बार घंटों तक अभ्यास चलता, कभी धूप में, कभी बारिश में थकान होती, लेकिन शिकायत का कोई मतलब नहीं था।

इन 22 हफ़्तों में राहुल ने न जाने कितनी बार अंजलि के पासपोर्ट साइज के फोटो को अपने पर्स से निकालकर देखा होगा। अंजलि और घरवालों से बात करने का एक ही तरीका था— STD बूथ। हफ्ते में कभी-कभी मौका मिलता। लाइन में खड़े होकर अपनी बारी का इंतज़ार करना पड़ता। जब कॉल मिलती, तो 20 मिनट में बहुत कुछ कहना होता:

राहुल: "कैसी हो?"
अंजलि: "मैं ठीक हूँ, आपकी Training कैसी चल रही है?"
राहुल: "सब ठीक चल रहा है , और घर पर सब लोग ठीक हैं?"

समय धीरे-धीरे बीतता गया। 22 हफ्ते पूरे होने लगे और फिर आया वह दौर, जिसका हर सैनिक इंतज़ार करता है— POP की तैयारी। यानी Passing Out Parade। यह सिर्फ़ एक परेड नहीं होती, बल्कि उस सफ़र की मुहर होती है, जिसमें इंसान 'आम आदमी' से 'सैनिक' बनता है।
POP की तैयारी एक महीने तक चली। ड्रिल की हर मूवमेंट, हर स्टेप, हर कमांड—सब कुछ परफेक्ट होना चाहिए था। पसीना, थकान, डांट—सब कुछ चलता रहा। लेकिन भीतर एक गर्व पनप रहा था। यह वो पल था, जिसके लिए सबने कड़ी मेहनत की थी।

आखिरकार POP का दिन आया। परेड ग्राउंड सजा हुआ था, वर्दियां चमक रही थीं, कदमों की ताल एक जैसी थी। जब राहुल ने कदम मिलाते हुए मार्च किया, तो उसके भीतर सिर्फ़ एक ही भावना थी—"मैं पास हो गया!

उस दिन वह सिर्फ राहुल नहीं था—वह एक प्रशिक्षित सैनिक था। पासिंग आउट परेड (POP) के गौरवशाली क्षणों के बाद, सभी जवानों को उनकी यूनिट और बटालियन अलॉट की गईं। राहुल की पहली पोस्टिंग बबीना (झाँसी) में हुई,

नई जगह, नया माहौल और नई ज़िम्मेदारियाँ। यूनिट में रिपोर्ट करने के बाद फिर से वही अनुशासन और दिनचर्या शुरू हुई, लेकिन अब ट्रेनिंग से ज़्यादा 'काम की तैयारी' का जुनून था। कुछ समय बीतने के बाद राहुल को एक महीने की छुट्टी मिली। त्योहारों का मौसम था—दिवाली और छठ पूजा की रौनक चारों ओर बिखरी थी।

जब राहुल घर लौटा, तो घर दीयों, मिठाइयों और अपनों की हँसी से जगमगा रहा था। दिवाली के दिन राहुल अंजलि के घर गया।

वह उसके लिए कपड़े, पटाखे और मिठाई लेकर गया था। छठ पूजा के दौरान परिवार की आस्था, अनुशासन और संयम को देखकर राहुल को महसूस हुआ कि सेना का कड़ा अनुशासन कहीं न कहीं इसी मिट्टी के संस्कारों से उपजा है।

सोनापुर के दुर्गा मंदिर में अंजलि की मम्मी ने राहुल और अंजलि के लिए विशेष पूजा रखी थी। राहुल अपने दोस्त अमन के साथ मंदिर पहुँचा। राहुल और अंजलि दोनों पूजा में साथ बैठे, बिल्कुल एक पति-पत्नी की तरह। पंडित जी ने माँ दुर्गा की अर्चना की। शंख की ध्वनि, धूप की खुशबू और मंत्रों के बीच वह पल दोनों के जीवन की स्मृतियों में हमेशा के लिए दर्ज हो गया।

पूजा के बाद सब अंजलि के घर आए। रसोई से लजीज खाने की खुशबू आ रही थी। राहुल और अमन जमीन पर बैठकर भोजन कर रहे थे। माहौल हल्का-फुल्का था और बातें सामान्य चल रही थीं, तभी अंजलि की मम्मी ने मुस्कुराते हुए वह सवाल कर दिया जिसका इंतज़ार शायद सबको था।

अंजलि की मम्मी: "राहुल, अब तो तुम्हारी ट्रेनिंग भी खत्म हो गई है, शादी कब करोगे अंजलि से?"

सवाल सुनकर राहुल थोड़ा चौंका, फिर हँसते हुए बोला, "आंटी, पहले मैं अपनी बहन के लिए अच्छा लड़का देख रहा हूँ। जैसे ही उसे नौकरी वाला सही लड़का मिल जाएगा, उसी समय मैं भी शादी कर लूँगा।"

अंजलि की मम्मी ने हल्के अंदाज में कहा, "अरे अब तो तुम अंजलि से प्यार करते ही हो और उसे अपनी पत्नी मानते भी हो। आज के बाद अंजलि पर जो भी खर्च आएगा, वह तुम दोगे। अब कमाने भी लगे हो।"

राहुल बिना झिझक मुस्कुराकर कहा, "ठीक है आंटी।"

शब्द छोटे थे, पर मतलब बड़ा था। अंजलि ने राहुल की ओर देखा। अमन यह सब देख मुस्कुराया, उसे समझ आ गया कि यह रिश्ता अब केवल वादों का नहीं रहा।

अंजलि को जो सफेद दाग की समस्या थी, उसके इलाज के लिए राहुल और अंजलि की मम्मी उसे मुजफ्फरपुर लेकर गए। डॉक्टर ने समझाया कि यह समस्या कई बार आनुवंशिक (genetic) होती है, इसलिए समय पर इलाज जरूरी है। इलाज न कराया जाए तो आगे चलकर परेशानी बढ़ सकती है। यह सुनकर अंजलि और भी घबरा गई।

इलाज के दौरान उसे दर्द और डर दोनों महसूस हो रहे थे। अस्पताल के कमरे में वह बार-बार रो पड़ती थी। राहुल उसके पास खड़ा रहा, उसका हाथ कसकर थामे रहा। अंजलि उस पल पूरी तरह राहुल पर निर्भर थी। उसकी आँखों में आँसू बहते रहे, लेकिन राहुल ने एक पल के लिए भी उसका साथ नहीं छोड़ा। वह उसे लगातार हिम्मत देता रहा।

इलाज में जो भी खर्च आए थे, वह राहुल खुद ही दिया था और अंजलि मेडिकल कॉलेज में पढ़ती थी उसका भी पैसा अब राहुल खुद देने लगा था। उसके हर छोटे-बड़े डिमांड को राहुल ही पूरा करता था।

राहुल की जिंदगी के कुछ साल एक ही धुन में बीतने लगे—अपनी बहन के लिए सही रिश्ता ढूँढना। जहाँ भी बात चलती, कोई न कोई कमी सामने आ जाती। कभी लड़का ठीक लगता तो उसके पास स्थायी नौकरी नहीं होती, और जहाँ नौकरी मिलती, वहाँ स्वभाव

या रूप मन को नहीं भाता। राहुल हर बार खुद को समझाता कि बहन की शादी कोई जल्दबाजी का फैसला नहीं है। यह जिम्मेदारी उसने खुद पर ली थी और उसे सही ढंग से निभाना चाहता था।

जब भी राहुल छुट्टी लेकर घर आता, उसका ज्यादातर समय रिश्ते देखने में ही निकल जाता। कहीं घर में चाय पीते-पीते बातें शुरू होतीं, कहीं फोटो देखे जाते, कहीं बायोडाटा मिलते। कई बार बात आगे बढ़ती भी थी, लेकिन फिर दहेज की माँग सामने आ जाती। कोई खुले शब्दों में पैसे माँगता तो कोई इशारों में बड़ी गाड़ी और ज़मीन की बात करता। हर बार राहुल का मन टूटता, लेकिन वह बहन के सामने खुद को मजबूत दिखाता।

समय बीतता गया—दो साल, फिर तीन साल। यही सिलसिला चलता रहा। राहुल हर बार अंजलि के घर वालों से कहता:
"इस बार की छुट्टी में पक्का बहन का रिश्ता तय कर दूँगा।"

मगर हर बार लौटते वक्त उसके पास वही खाली वादे रह जाते। अंजलि यह सब समझती थी। वह जानती थी कि राहुल जानबूझकर देरी नहीं कर रहा, बल्कि एक भाई होने का फर्ज निभा रहा है। वह उसका हौसला बढ़ाती, उसे संभालती, लेकिन कभी-कभी उसके सब्र का बाँध भी टूट जाता। कभी-कभी शादी की बात पर राहुल और अंजलि के बीच बहस हो जाती।

अंजलि कहती, "हर बार मेरी शादी को टाल देते हो। क्या हमारी ज़िंदगी की कोई कीमत नहीं?"
राहुल भी थका हुआ होता। गुस्से में वह कह बैठता, "अगर इतना ही जल्दी है तो जहाँ मन करे, वहाँ शादी कर लीजिए।"

शब्द निकल तो जाते, लेकिन दिल तुरंत पछताने लगता। दोनों चुप हो जाते

अंजलि के घर वाले भी अब सवाल उठाने लगे थे। उन्हें लगता था कि बहुत समय हो गया है। समाज की बातें, रिश्तेदारों के ताने, सब अंजलि को चुभते थे। वे चाहते थे कि अब दोनों शादी कर लें। लेकिन राहुल हर बार एक ही बात कहता:

"मेरी बहन मुझसे बड़ी है। सबसे पहले उसकी शादी होगी, उसके बाद ही मैं अपना घर बसाऊँगा।"

यह बात उसके लिए जिद नहीं, सिद्धांत बन चुकी थी। इस सबके बीच राहुल की नौकरी भी आसान नहीं थी। जहाँ उसकी पोस्टिंग थी, वहाँ काम का दबाव लगातार बढ़ रहा था। दिन-रात की ड्यूटी, जिम्मेदार फैसले और अधिकारियों का प्रेशर—सब मिलकर उसे थका देते थे। कई बार ड्यूटी के बीच ही घर से फोन आ जाता कि कोई रिश्ता देखने आया है। राहुल मन ही मन हिसाब लगाने लगता—कब छुट्टी मिलेगी, कैसे पहुँचेगा, क्या इस बार बात बनेगी?

ड्यूटी के बाद जब वह अकेला बैठता, तो मन में सवाल उठते—क्या वह सही कर रहा है? क्या उसकी जिम्मेदारी उसकी अपनी खुशी से बड़ी है? लेकिन जैसे ही बहन का चेहरा सामने आता, सारे सवाल शांत हो जाते। उसे लगता, अगर उसने अपने फर्ज से समझौता किया, तो वह खुद की नजरों में गिर जाएगा।

घरवाले भी अपने स्तर पर लड़का देखते रहते थे। कहीं रिश्तेदारों के जरिए, कहीं जान-पहचान वालों से, लेकिन हर बार या तो बात जमी नहीं, या कुछ ऐसा निकल आया जिसे राहुल स्वीकार नहीं कर पाया। उसकी बहन भी चुपचाप यह सब सहती रही। वह जानती थी कि उसका भाई उसके लिए कितना सोचता है। इन सबके बीच अंजलि ही थी जो राहुल को टूटने नहीं देती थी। वह जानती थी कि हालात उसके खिलाफ हैं, लेकिन भरोसा अब भी जिंदा था। उसे

लगता था कि जिस ईमानदारी से राहुल अपनी बहन के लिए लड़ रहा है, उसी ईमानदारी से एक दिन
अपना वादा भी निभाएगा।

राहुल और अंजलि का प्यार धीरे-धीरे पर चुप-चुप कर शुरू हुआ था, लेकिन वक्त के साथ वो प्यार इतना गहरा हो गया कि छुपाना मुश्किल हो गया। जब राहुल के घर वालों को इस रिश्ते की भनक लगी, तब से हालात बदलने लगे।

राहुल की माँ को अंजलि पसंद नहीं थी। उनका मानना था कि अंजलि का कद छोटा है, वह बहुत दुबली-पतली है और घर की बहू बनने के लिए उपयुक्त नहीं है। यही सोच घर में विवाद का कारण बनने लगी। अंजलि को लेकर राहुल के घर में अक्सर बहस होती। कभी माँ नाराज होतीं, तो कभी रिश्तेदार ताने देने लगते।

राहुल हर बार समझाने की कोशिश करता, लेकिन बात वहीं आकर रुक जाती:

माँ: "अभी शादी नहीं हो सकती!"
राहुल: "अंजलि का कद छोटा है तो क्या हुआ? मैं उसे पसंद करता हूँ। मैं उसके साथ खुश रहूँगा।"

माँ: "तुमको दुनियादारी का पता नहीं है, राहुल! जिस लड़की का कद छोटा होता है, उसको बच्चे पैदा करने में समस्या आती है। ऑपरेशन करके बच्चा निकालना पड़ता है।"

उधर अंजलि के घर वालों का दबाव भी बढ़ता जा रहा था। वे चाहते थे कि अंजलि की शादी जल्द हो जाए। अंजलि रोज किसी न किसी तरह उन्हें समझाती:

अंजलि: "बस थोड़ा वक्त और दे दो।"

लेकिन हर दिन यह कहना उसके लिए और मुश्किल होता जा रहा था, और अंजलि का धैर्य हर दिन टूटता जा रहा था।

इन हालातों का असर राहुल और अंजलि के रिश्ते पर भी पड़ने लगा। कभी-कभी राहुल गुस्से में एक हफ्ता तक फोन नहीं करता। अंजलि के लिए यह खामोशी सबसे ज्यादा दर्दनाक होती थी। वह अंदर ही अंदर टूट जाती, रात भर सो नहीं पाती, बस फोन को देखती रहती कि शायद राहुल का कॉल आ जाए।

अंजलि , राहुल की मजबूरियों को समझती थी, फिर भी इंतज़ार उसे थका देता था। राहुल की जिंदगी का तनाव उसे भीतर से कमजोर करने लगा था। ड्यूटी के दौरान उसका मन भटकता रहता। कभी-कभी तनाव इतना बढ़ जाता कि वह अपने सीनियर से भी बहस कर बैठता। बाद में पछतावा होता, पर राहुल के दिमाग में हमेशा दो ही सवाल घूमते रहते:

घर वालों को कैसे मनाये?
बहन की शादी कब होगी?

दिन पर दिन राहुल का हालात उसके काबू से बाहर होता जा रहा था।
राहुल कई दिनों से मन ही मन लड़ रहा था, पर आज उसके सब्र का बाँध टूट चुका था।उसकी माँ स्वेटर बुन रही थीं।

राहुल: (गंभीर आवाज में) "मम्मी, बस बहुत हुआ। आप बार-बार उसकी हाइट की बात करती हैं, लेकिन क्या कद से इंसान की कीमत तय होती है? मैं अंजलि से प्यार करता हूँ और यह फैसला अटल है।"

माँ ने बुनाई रोकी और राहुल को देखा। उनकी आँखों में नाराजगी थी।
माँ: "नौकरी क्या लग गई, तू अब मुझे सिखाएगा? समाज भी कोई चीज़ होती है राहुल। चार लोग देखेंगे तो क्या कहेंगे?"

राहुल: "मम्मी, आप उन चार लोगों की बात कर रही हैं जो मेरे बुरे वक्त में कहीं नहीं थे? क्या आपको याद है वो रातें जब मैं हार मान चुका था? ये अंजलि ही थी जो रात-रात भर जागकर मुझे पढ़ाती थी। सुबह जब मेरी नींद नहीं खुलती थी, तो वो कसम देती थी कि मुझे दौड़ना ही होगा I

राहुल कुर्सी खींचकर माँ के पास बैठ गया l

राहुल: "आपको एक बात बताऊँ? एक दिन घर में बहुत तंगी थी। मेरे पास कोचिंग की फीस भरने के पैसे नहीं थे। मैथ्स वाले सर ने सबके सामने मुझे क्लास से बाहर निकाल दिया था। मुझे इतनी शर्मिंदगी महसूस हुई कि मैंने अंजलि को फोन किया। उसने जब सुना कि मुझे क्लास से निकाल दिया गया है, तो उसने मुझसे कुछ नहीं कहा।"

"अगले दिन जब मैं पैसे लेकर सर के पास पहुँचा, तो उन्होंने कहा— 'राहुल, तुम्हारी फीस तो कल ही जमा हो गई। तुम्हारे जाने के बाद एक लड़की आई थी, उसने तुम्हारी पूरी फीस भर दी।' मम्मी, वो अंजलि थी। उस वक्त मेरे पास न नौकरी थी, न हैसियत। फिर भी वो अपने घर वालों से लड़ गई कि शादी करेगी तो सिर्फ राहुल से।"

माँ का चेहरा थोड़ा नरम पड़ा, लेकिन पुरानी जिद अब भी बाकी थी।

माँ: "ये सब पुरानी बातें हैं राहुल। तुझे अच्छी से अच्छी लड़की मिल सकती है।"

राहुल: (गुस्से और दुख के मिले-जुले स्वर में) "यही तो आपकी दिक्कत है मम्मी! आज मेरा अच्छा वक्त है तो आप विकल्प ढूंढ रही हैं, लेकिन अंजलि ने मेरा हाथ तब पकड़ा था जब मेरे पास खुद के लिए भी कुछ नहीं था। वह मेडिकल कॉलेज में पढ़ रही है, समझदार है, स्वभाव की इतनी अच्छी है कि आपके घर को स्वर्ग बना देगी। क्या हाइट ही सब कुछ है? क्या उसका वो त्याग कुछ भी नहीं?"

माँ फिर भी चुप रहीं और मुँह फेर लिया।

राहुल: "मम्मी, अगर अंजलि गलत होती न, तो वो एक बेरोजगार लड़के पर अपना वक्त और पैसे बर्बाद नहीं करती। अगर आज मैं उसकी कद्र नहीं करूँगा, तो मैं अपनी नजरों में गिर जाऊँगा। मेरा फर्ज है कि आज मेरे अच्छे वक्त में मैं उसे वो खुशियाँ दूँ जिसकी वो हकदार है।"
माँ: (चिढ़कर) "देख रही हूँ, आज नौकरी मिल गई है न, इसीलिए अपनी मनमानी कर रहा है। माँ की बात की तो कोई कीमत ही नहीं रही।"

राहुल ने अपनी माँ को समझाने की बहुत कोशिश की, लेकिन जब उसे लगा कि दीवार से सर टकराने का कोई फायदा नहीं, तो उसने गुस्से में फोन उठाया और कमरे की ओर बढ़ गया।

राहुल: "इसे मनमानी नहीं, वफादारी कहते हैं मम्मी।"उसने झटके से कमरे का दरवाजा बंद कर लिया।

घर की समस्याएँ भी कम नहीं थीं। राहुल की बहन की शादी पिछले

दो-तीन सालों से नहीं हो पा रही थी। घरवाले पहले उसकी शादी चाहते थे, इसलिए राहुल की शादी की बात हर बार टाल दी जाती। यह सब राहुल के लिए असहनीय होता जा रहा था। कभी-कभी अंजलि के घरवालों से भी राहुल की तीखी बहस हो जाती। वे साफ़ कह देते कि अगर शादी का इरादा नहीं है, तो अंजलि को और इंतज़ार नहीं कराया जा सकता। उन शब्दों का बोझ राहुल के दिल पर भारी पड़ता। उधर अंजलि को घर में बीतता हर दिन उसे डराने लगता—कहीं यह इंतज़ार हमेशा के लिए न बन जाए। कई बार वह बिल्कुल खामोश हो जाती, किसी से बात नहीं करती, बस एक ही सवाल मन में घूमता रहता—"क्या
उसका प्यार काफ़ी नहीं है?"

राहुल और अंजलि के प्यार को छह साल बीत गए थे, प्यार वही था, पर सब्र कम होता जा रहा था। राहुल बिल्कुल परेशान रहने लगा था। एक तरफ घर वालों की नामंज़ूरी, दूसरी तरफ बहन की शादी का बोझ जो सालों से लटका हुआ था, और तीसरी तरफ अंजलि की खामोश आँखें—सब उसके दिल को चुभ रहा था। वह जानता था कि फैसला लेना पड़ेगा, लेकिन हर फैसला किसी न किसी को तोड़ने वाला था।

एक महीने पहले जब राहुल छुट्टी लेकर घर आया था, तब उसने ज़्यादातर वक्त अंजलि के साथ बिताया। लंबे समय बाद दोनों को एक-दूसरे के पास रहने का मौका मिला था। पर उन मुलाकातों की एक निशानी अंजलि के भीतर पलने लगी—वह गर्भवती हो गई। जब अंजलि को पता चला कि वह माँ बनने वाली है, एक महीना हो चुका था, लेकिन उसने राहुल को कुछ नहीं बताया। उसके मन में एक ही उम्मीद थी—

"अगर यह बच्चे को जन्म दे देगी, तो दोनों परिवार मान जाएँगे। समाज में बातें होंगी, बदनामी भी होगी, लेकिन अंत में प्यार जीत

जाएगा। राहुल को भी तो अपना खून देखकर मुझ पर और यकीन हो जाएगा।"

जब अंजलि ने आखिरकार राहुल को यह बात बताई, तो राहुल के पैरों तले जमीन खिसक गई। वह पहले से ही परेशान था— यह खबर सुनते ही वह सन्न रह गया। उसके लिए यह 'प्यार की जीत' नहीं, बल्कि एक 'नया सिरदर्द' था। वह घबरा गया, उसे अपना करियर, परिवार की इज्जत और बदनामी का डर सताने लगा। राहुल ने आनन-फानन में दो दिन की छुट्टी ली और फ्लाइट पकड़कर अंजलि के पास पहुँचा। उसने अंजलि को बहुत समझाया, राहुल: "अंजलि, अभी हम इसके लिए तैयार नहीं हैं। दुनिया जीने नहीं देगी। समझो मेरी बात।"

लेकिन अंजलि नहीं मानी। उसकी आवाज में डर था, पर उससे ज्यादा भरोसा। उसने कहा,

अंजलि: "यह मेरा बच्चा है। मैं इसे दुनिया में लाऊँगी। प्यार किया है तो हर बात का सामना भी करेंगे।"
उसने अपनी कोख पर हाथ रखते हुए कहा,
अंजलि: "राहुल, यह सिर्फ एक बच्चा नहीं, यह हमारी मोहब्बत की निशानी है।"

राहुल को लगा कि अंजलि बातों से नहीं मानेगी। उसे डर था कि अगर यह बात बाहर निकली, तो उसकी जिंदगी तबाह हो जाएगी। उसने एक बेहद सर्द और कड़वा रास्ता चुना। शाम को वह अंजलि के लिए उसकी पसंदीदा आइसक्रीम लेकर आया, लेकिन उसमें उसने गर्भ गिराने वाली दवा मिला दी थी।

अनजान अंजलि ने प्यार समझकर वह आइसक्रीम खा ली। कुछ ही घंटों बाद, कुदरत का वह करिश्मा जिसे अंजलि अपनी दुनिया

मान रही थी, एक दर्दनाक अंत में बदल गया। अंजलि की हालत बिगड़ गई और उसे अस्पताल ले जाना पड़ा।

अस्पताल के बाहर राहुल चुपचाप बैठा था। डॉक्टरों ने इलाज शुरू किया और कहा कि अत्यधिक तनाव और शारीरिक कमजोरी ने हालत बिगाड़ दिए हैं। जब अंजलि को होश आया, तो उसे बताया गया कि जो सपना वह अपने भीतर संजोए हुए थी, वह अब उसके साथ नहीं है। उसने अपना बच्चा खो दिया था।
जब अंजलि को असलियत पता चली तो वह पत्थर की हो गई। उसने चीखते हुए राहुल को कहा,

अंजलि: "तुम कैसे बाप हो! इंसान अपने ही बच्चे का गला घोंट दिया।"
वह मेरा क्या साथ देगा? तुमने सिर्फ एक बच्चा नहीं मारा राहुल, तुमने मेरा भरोसा और मेरा प्यार भी मार दिया।"

अंजलि के लिए यह सिर्फ एक शारीरिक नुकसान नहीं था, बल्कि विश्वास का टूटना था। उसके दिल में बस एक ही बात बैठ गई—राहुल ने उसका साथ नहीं दिया। उसने राहुल पर आरोप लगाया कि वह अपनी जिम्मेदारी से भाग गया। राहुल उसे समझाने की कोशिश करता रहा कि हालात उसके काबू में नहीं थे, लेकिन अंजलि अब कुछ भी सुनने को तैयार नहीं थी। एक माँ के मन का दर्द वही समझ सकता है जो इस दौर से गुजरा हो।

अब अंजलि को लगने लगा कि उसके घरवाले सही कह रहे थे। राहुल पर उसका भरोसा डगमगा गया और वह भीतर से पूरी तरह बदल चुकी थी। वह अब वह अंजलि नहीं रही थी जो राहुल के पीछे पागल थी। उस दिन के बाद अंजलि ने सिंदूर लगाना बंद कर दिया। राहुल वापस अपनी ड्यूटी पर लौट गया, और अंजलि अब एकदम चुप रहने लगी। उसका प्यार शायद कहीं जिंदा था, लेकिन

उस पर गहरी चोटें लग चुकी थीं।

अंजलि अब किसी से ज्यादा बात नहीं करती थी, ज्यादातर समय चुपचाप अपने कमरे में बैठी रहती। हँसी जैसे उसके चेहरे से रूठ गई थी। घर वालों को लगने लगा था कि वह किसी गहरी तकलीफ में है, लेकिन उसका दर्द कोई समझ नहीं पा रहा था। वह कॉलेज जाती, पर वहां भी किसी से कोई बातचीत नहीं करती थी।

यह हाल उसके भाई वरुण से देखा नहीं जा रहा था। बचपन से ही अंजलि उसकी कमजोरी रही थी। जब भी अंजलि उदास होती, वरुण बेचैन हो जाता। उसे लगने लगा था कि इतने दिनों से राहुल सिर्फ वादे ही कर रहा है, निभाने का कोई ठोस कदम नहीं उठा रहा। भाई होने के नाते उसका गुस्सा जायज था। आखिर कोई भी भाई अपनी बहन को रोज टूटते हुए नहीं देख सकता।

वरुण अब राहुल से बेहद नाराज हो चुका था। उसने साफ़ कह दिया कि अब सिर्फ बातें नहीं, फैसला चाहिए। इसी बीच अंजलि के घर वालों ने भी मिलकर राहुल को फोन किया। उनकी आवाज में नाराजगी और सख्ती थी। उन्होंने स्पष्ट शब्दों में कहा:
"इस बार छुट्टी में आओगे तो शादी तय करके ही जाना होगा।"

"कम से कम सगाई तो करनी पड़ेगी। अब हम और इंतज़ार नहीं कर सकते। अगर आप साफ़ जवाब नहीं दिया, तो हम अंजलि की शादी कहीं और कर देंगे।" ये शब्द राहुल के दिल पर भारी पड़ गए। वह जानता था कि हालात हाथ से फिसल रहे हैं। अंजलि की खामोशी, वरुण की नाराज़गी और परिवार का अल्टीमेटम—सब कुछ उसे भीतर से झकझोर रहा था। उसने फिर एक बार हामी भर दी।

"मैं आऊंगा... इस बार सब ठीक करूँगा।" फोन कट गया, लेकिन

देर तक वही बैठा रहा।

फ़रवरी का महीना था। काफी दिनों बाद राहुल छुट्टी लेकर घर आया। बाहर से वह शांत दिख रहा था, लेकिन भीतर ही भीतर तूफ़ान चल रहा था। उसे पता था कि अब और देर नहीं की जा सकती। अंजलि की उदासी, उसके परिवार की चिंता और वरुण की नाराज़गी—सब कुछ उसे हर पल याद दिला रहा था कि अब कोई पक्का फैसला ज़रूरी है।

राहुलः (गहरी सांस लेते हुए) "माँ, मुझे आपसे कुछ बहुत ज़रूरी बात करनी है।"
माँ: (राहुल के चेहरे की चिंता भांपते हुए) "बोल बेटा, क्या बात है? तू जब से आया है, बहुत परेशान दिख रहा है।"

राहुलः "माँ, बात अंजलि की है। अब पानी सिर से ऊपर जा रहा है। उनके घरवाले कह रहे हैं कि अगर अब हमने साफ जवाब नहीं दिया, तो वे अंजलि की शादी कहीं और कर देंगे। वरुण भी बहुत नाराज़ है।"

माँ: (हैरानी से) "पर बेटा, इतनी जल्दी क्या है? अभी तो तेरी ज्येष्ठ बहन की शादी की बात चल रही है। समाज क्या कहेगा अगर भाई की बात पहले पक्की हो गई?"

राहुलः (दृढ़ता के साथ) "माँ, मैं शादी करूँगा तो सिर्फ अंजलि से ही। उसके अलावा मैं किसी और के बारे में सोच भी नहीं सकता। मैं अपनी ज़िम्मेदारी से भाग नहीं रहा, पर मैं उसे खोना भी नहीं चाहता।"

माँ: (समझाते हुए) "बेटा, मैं मना नहीं कर रही। बस इतना कह रही हूँ कि पहले तेरी बहन के लिए कोई अच्छा लड़का देख लेते हैं।

उसकी शादी हो जाए, फिर तुम दोनों की धूम-धाम से करा देंगे।"

राहुल: (शांति और समझदारी से) "माँ, मैं आपकी बात मानने को तैयार हूँ। बहन की शादी पहले हो, मुझे इसमें कोई ऐतराज़ नहीं है। लेकिन..."

माँ: "लेकिन क्या?"

राहुल: "लेकिन कम से कम हमारी बात अभी तय तो कर दीजिए। कम से कम सगाई या कोई छोटा सा रस्म कर लेते हैं। इससे अंजलि के घर वालों का डर खत्म हो जाएगा कि हमारा परिवार तैयार नहीं है। उन्हें तसल्ली मिल जाएगी और अंजलि को भी सुकून मिलेगा। क्या हम इतना नहीं कर सकते?"

राहुल की माँ ने थोड़ी देर चुप रहने के बाद आखिर हामी भर दी। एक-दो दिन बाद राहुल और उसकी माँ अंजलि के घर गए। सब लोग बैठकर गंभीरता से बात करने लगे। अंजलि चुपचाप अंदर कमरे में बैठी थी।

बातचीत के दौरान राहुल की माँ ने साफ़ शब्दों में कहा कि वे इस रिश्ते के लिए पूरी तरह तैयार हैं। बैठक में यह तय हुआ कि पहले राहुल की बहन की शादी होगी और ठीक उसके एक दिन बाद राहुल और अंजलि की शादी कर दी जाएगी। हालाँकि तारीख भविष्य की थी, लेकिन
रिश्ता उसी दिन पक्का हो गया।

जैसे ही शादी तय होने की खबर सामने आई, घर का माहौल पूरी तरह बदल गया। अंजलि की आँखों में जो उदासी महीनों से जमी हुई थी, उसकी जगह धीरे-धीरे मुस्कान ने ले ली। राहुल के चेहरे पर भी राहत की चमक थी। दोनों ने एक-दूसरे की तरफ देखा—बिना

कुछ बोले ।

भाग 10

इन छह सालों में अंजलि के लिए राहुल ही उसकी दुनिया का केंद्र था। यहाँ तक कि उसके सोशल मीडिया पर भी राहुल के अलावा कोई पुरुष मित्र नहीं था।

अंजलि के एक रिश्तेदार की शादी मुजफ्फरपुर में तय हुई, जहाँ अंजलि अपने परिवार के साथ गई। वहाँ उसकी मुलाकात अपनी मौसेरी बहन भावना से हुई। बचपन में दोनों साथ खेली थीं, लेकिन आज की भावना पहले जैसी नहीं थी। भावना का दिल टूट चुका था; उसके प्रेमी ने उसे धोखा दिया था, जिसके बाद उसने प्यार पर भरोसा करना छोड़ दिया था।

अब वह लड़कों को सिर्फ़ एक खिलौना समझती थी—सिर्फ़ "टाइम पास"। भावना को अब दारू, सिगरेट और ड्रग्स की लत भी लग चुकी थी।

अंजलि: (उत्साह के साथ) "दीदी, आपको पता है? राहुल और मेरी शादी तय हो गई है! मैं बहुत खुश हूँ कि आख़िरकार सब ठीक हो गया।"
भावना: (चेहरे पर एक कुटिल मुस्कान लाते हुए) "शादी? अंजलि, तू अभी भी कितनी नादान है।"

अंजलि: (हैरानी से) "क्यों दीदी? आप ऐसा क्यों कह रही हैं?"

भावना: "अंजलि, दुनिया का हर लड़का एक जैसा होता है। शादी के बाद तो वैसे भी बंध जाना है, अभी तो आज़ादी है। थोड़ा मज़े कर ले, अभी शादी हुई तो नहीं है ना?"

भावना की बातों का ज़हर धीरे-धीरे अंजलि के दिमाग में उतरने लगा। भावना ने अंजलि की मुलाकात रूपेश नाम के एक लड़के से करवाई, जो रेलवे में कार्यरत था। रूपेश दिखने में शालीन था, लेकिन वह भी एक सच छुपा रहा था—एक महीने बाद उसकी अपनी गर्लफ्रेंड से शादी तय थी। इसके बाद अंजलि की बात नवनीत नाम के एक और लड़के से होने लगी।

अंजलि, जो पिछले छह साल से सिर्फ राहुल की थी, पहली बार किसी और से बात करने की उत्तेजना में बह गई। यह सब सिर्फ भावना की गलत संगत का नतीजा था। मुजफ्फरपुर से लौटने के बाद अंजलि पूरी तरह बदल चुकी थी।

अब अंजलि का फोन अक्सर "बिजी (व्यस्त)" रहने लगा। राहुल, जो अंजलि की हर सांस से वाकिफ था, उसे तुरंत अजीब लगा।
राहुल: "अंजलि, आजकल तुम्हारा फोन इतना बिजी क्यों रहता है? जब भी लगाता हूँ, व्यस्त आता है।"

अंजलि: (बहाने बनाते हुए) "अरे वो मौसी का फोन था..." कभी कहती, "मम्मी से बात कर रही थी," तो कभी, "भाभी ने कॉल की थी।"

झूठ की उम्र छोटी होती है। राहुल का शक अब गुस्से में बदलने लगा था। जिस रिश्ते में कभी सिर्फ सम्मान था, वहाँ अब गाली-गलौज और तीखी बहस ने जगह ले ली थी। राहुल को लगने लगा

था कि उसकी अंजलि अब उसकी नहीं रही।

हताश होकर राहुल ने एक कड़ा कदम उठाया—उसने अंजलि का फोन हैक कर लिया। जब कॉल डिटेल्स सामने आईं, तो अंजलि घंटों रूपेश और नवनीत से बात कर रही थी।

जब राहुल ने उन लड़कों का सच जानने की कोशिश की, तो हकीकत और भी भयानक निकली:
रूपेश का जवाब: "भाई, मैं तो बस टाइम पास कर रहा था। मेरी अगले महीने शादी है, मैंने अंजलि को बताया भी था।"

नवनीत का सच: नवनीत तो पहले से ही शादीशुदा था।
राहुल को समझ आ गया कि जिन लड़कों के लिए अंजलि ने अपने छह साल के पवित्र प्यार को दांव पर लगाया, उनके लिए वह महज़ एक 'टाइम पास' थी।

जब राहुल ने अंजलि के सामने सारा सच रखा—कि रुपेश की शादी होने वाली है और नवनीत शादीशुदा है—तो अंजलि का भ्रम टूट गया। वह फूट-फूट कर रोने लगी। उसे अहसास हुआ कि उसने "बेस्ट" की तलाश में अपना "सब कुछ" खोने की कगार पर खुद को खड़ा कर लिया है।

अंजलि ने राहुल को अपनी सारी बातें बताईं, लेकिन राहुल का विश्वास खंडित हो चुका था। उसे अब हर बात झूठ लगती थी। उसने अंजलि की माँ को सब बता दिया और अपना दोस्त अमन को भी । अंजलि को अपनी माँ से बहुत डाँट पड़ी, लेकिन सबसे बड़ी सजा राहुल की खामोशी थी।

अमन ने अंजलि को समझाया:
अमन: "अंजलि, इस दुनिया में बहुत कम लोग हैं जो सिर्फ एक

ही इंसान के लिए होकर रहना चाहते हैं। आगे से ऐसी गलती कभी मत करना।"

राहुल का गुस्सा और भी गहरा था। उसने अंजलि से कहा:
राहुल: "आज तुम इन लड़कों से बात कर रही हो, कल किसी और के साथ भाग जाओगी। मैं ऐसी लड़की से शादी नहीं कर सकता!"

राहुल ने 10 दिनों तक अंजलि से बात नहीं की और उसका नंबर ब्लॉक कर दिया। अंजलि ने सहेलियों के फोन से कोशिश की, पर राहुल ने फोन नहीं उठाया। अंजलि का दम घुट रहा था। अपने प्यार को साबित करने के लिए और अपराधबोध के बोझ तले दबकर अंजलि ने खाना-पीना छोड़ दिया।

एक शाम, अकेलेपन और डर में डूबी अंजलि ने अपने हाथ की नस काट ली। जब कमरे के फर्श पर खून की धार बहने लगी, तो घर में कोहराम मच गया। उसे तुरंत अस्पताल ले जाया गया।

राहुल, जो छुट्टी पर घर आया हुआ था, जब उसे यह खबर मिली तो वह अपना सारा गुस्सा भूलकर अस्पताल की ओर भागा। अस्पताल के बेड पर पीली पड़ी अंजलि ने जैसे ही राहुल को देखा, वह चीख-चीख कर रोने लगी। वह कमजोरी के बावजूद बेड से उतरी और राहुल के पैरों में गिर गई।

अंजलि ने गिड़गिड़ाते हुए राहुल से कहा:
अंजलि: "राहुल, मैंने सिर्फ फोन पर बात की थी। मैं उनसे कभी नहीं मिली। अगर मेरी गलती की सजा मेरी जान है, तो मैं वो भी देने को तैयार हूँ। बस मुझे नफरत से मत देखो।"

राहुल का दिल पसीज गया। उसने अंजलि को उठाकर सीने से लगा लिया। अस्पताल के उस ठंडे कमरे में दोनों के आंसू मिल रहे थे।

राहुल ने भारी आवाज़ में कहा:

राहुल: "ठीक है अंजलि... मुझे तुम्हारी गलती का अहसास दिख रहा है। वह सब भावना की वजह से हुआ, पर याद रखना, विश्वास कांच जैसा होता है।"

राहुल ने अंजलि को माफ तो कर दिया, लेकिन अंजलि का रोना अब सिर्फ उसकी माँ तक सीमित नहीं रहा था। उसकी सिसकियाँ अब उसके पिता और नाना के दिल को भी रोज चीरने लगी थीं। जिस घर में कभी हँसी और बातों की रौनक रहती थी, वहाँ अब हर वक्त उदासी छाई रहती थी। सुबह आँख खुलते ही चिंता और रात को सोते समय आँसू—यही अंजलि की दिनचर्या बन चुकी थी।

अंजलि के पिता और नाना अब और इंतज़ार के मूड में नहीं थे। धीरे-धीरे अंजलि और राहुल की प्रेम कहानी उसकी माँ के हाथों से निकलकर उसके पिता और नाना के हाथों में आ चुकी थी। ऐसा नहीं था कि वे राहुल को पसंद नहीं करते थे; उन्हें राहुल एक समझदार, ज़िम्मेदार और ईमानदार लड़का लगता था। लेकिन रोज़-रोज़ का रोना, घर का बिगड़ता माहौल और अंजलि की टूटती हालत ने पूरे परिवार को परेशान कर दिया था।

राहुल और अंजलि की शादी तय हुए पूरे सात-आठ महीने हो चुके थे, लेकिन अब तक शादी की तारीख सामने नहीं आई थी। इसकी वजह सिर्फ एक थी—राहुल की बहन की शादी। उसके लिए अब तक कोई लड़का तय नहीं हो पाया था।

इसी बीच कोरोना काल शुरू हो गया। पूरे देश में लॉकडाउन लग गया। न कोई किसी के घर जा सकता था, न ही रिश्ते देखने-दिखाने की कोई संभावना बची थी।

लेकिन अंजलि का परिवार इस तर्क को मानने को तैयार नहीं था। उनके लिए हर बीतता दिन अंजलि की ज़िंदगी से एक रंग छीन रहा था।

दीवाली से पाँच दिन पहले, एक ठंडी शाम, अंजलि के माँ-पिता राहुल के घर पहुँचे। माहौल में औपचारिकता थी, लेकिन भीतर ही भीतर तूफ़ान उठ चुका था। बैठक में चाय रखी गई, लेकिन किसी के हाथ चाय तक नहीं बढ़े। अंजलि के पिता ने सीधे बात शुरू की—

अंजलि के पिता: "अब बहुत इंतज़ार हो गया। हम लोग सब कर-करके थक गए हैं। अगले महीने राहुल-अंजलि की शादी होनी चाहिए। अगर नहीं, तो हमें कोर्ट मैरिज का रास्ता अपनाना पड़ेगा।"

यह सुनते ही राहुल की माँ का चेहरा तमतमा उठा। उनकी आँखों में गुस्सा साफ़ झलकने लगा। वैसे भी वह शुरू से इस शादी से पूरी तरह खुश नहीं थीं। किसी तरह राहुल के समझाने और घर की इज़्ज़त की वजह से उन्होंने हामी भरी थी। लेकिन कोर्ट मैरिज और अगले महीने की शादी की बात ने उनके सब्र की आखिरी दीवार भी तोड़ दी।

राहुल की माँ (तीखे स्वर में): "ये क्या तरीका है बात करने का? हमारे घर के भी कुछ उसूल हैं। जब तक मेरी बेटी की शादी नहीं होगी, तब तक राहुल की शादी नहीं हो सकती।"

अंजलि की माँ: "लेकिन हमारी बेटी का क्या? वो रोज़ मर रही है, आप देख नहीं पा रहीं?"
यह सुनते ही बात और बिगड़ गई। आवाज़ें ऊँची होने लगीं। पुराने ज़ख्म, दबे हुए ताने, अधूरी बातें—सब एक-एक करके बाहर आने लगे।

राहुल की माँ ने आखिरकार वह कह दिया, जिसने सब कुछ तोड़ दिया—

राहुल की माँ: "आपको जहाँ करना है, अंजलि की शादी कर दीजिए। हमें कोई आपत्ति नहीं है।"

राहुल, जो अब तक सब कुछ चुपचाप सुन रहा था, अचानक उठ खड़ा हुआ। वह अपनी माँ से बोला कि यह रिश्ता कोई मज़ाक नहीं है। फिर वह अंजलि के माँ-पिता की ओर मुड़ा और उनसे भी शांति से बात करने की कोशिश की। राहुल बार-बार यही कहता रहा कि हालात खराब हैं, लेकिन मिलकर कोई न कोई रास्ता निकाला जा सकता है। वह दोनों परिवारों को जोड़ने की आखिरी कोशिश कर रहा था। लेकिन गुस्सा अब समझ से ऊपर जा चुका था। कोई किसी की बात सुनने को तैयार नहीं था।

अंजलि के पिता भारी आवाज़ में बोले—
अंजलि के पिता: "हमने बहुत सह लिया। अब हमारी बेटी की ज़िंदगी दाँव पर है।"
राहुल की माँ ने पलटकर कहा—
राहुल की माँ: "और मेरी बेटी की ज़िंदगी क्या कम कीमती है?"

राहुल को लग रहा था कि वह दो पत्थरों के बीच पिस रहा है। उसने आखिरकार कहा कि अगर आज यह रिश्ता टूटा, तो इसकी ज़िम्मेदारी किसी एक की नहीं, बल्कि सभी की होगी। लेकिन उस वक्त किसी को भविष्य दिखाई नहीं दे रहा था। सब अपने गुस्से में अंधे थे।

बैठक से निकलते समय अंजलि के माँ-पिता के कदम भारी थे। राहुल दरवाज़े तक आया, लेकिन कोई पीछे मुड़कर नहीं देखा। बाहर दिवाली की लाइटें जगमगा रही थीं, लेकिन अंदर सब कुछ

अंधेरा हो चुका था। और कहीं दूर, अपने कमरे में बैठी अंजलि को अब भी नहीं पता था कि दो परिवारों के इस झगड़े ने उसकी किस्मत को एक ऐसे मोड़ पर ला खड़ा किया है, जहाँ से लौटना आसान नहीं होगा!

अगली सुबह का सूरज जैसे किसी नई शुरुआत का नहीं, बल्कि एक और इम्तिहान का संकेत लेकर उगा था। रात भर सो न पाने के बाद भी राहुल ने हिम्मत बाँधी और अंजलि के घर जाने का फैसला किया। उसे लगा कि शायद आमने-सामने बैठकर बात हो जाए, तो कल की कड़वाहट कुछ कम हो सके।

लेकिन उसे क्या पता था कि बीती रात की घटना ने अंजलि के पूरे परिवार के दिलों में उसके लिए नफरत भर दी थी। जैसे ही राहुल अंजलि के घर पहुँचा, दरवाजा खुलते ही अंजलि की माँ सामने खड़ी थीं। उनके चेहरे पर गुस्सा साफ झलक रहा था। बिना कुछ पूछे उन्होंने तीखे शब्दों में कहा:

अंजलि की माँ: "राहुल, तुम यहाँ से चले जाओ। तुम्हारा यहाँ आना ठीक नहीं है। अगर तुम नहीं गए, तो हम पुलिस को बुला लेंगे!"

अंजलि वहीं पास के एक कमरे में बैठकर राहुल की बात सुन रही थी। उसने कभी सोचा नहीं था कि उससे इस तरह बात की जाएगी। फिर भी उसने खुद को संभाला और हाथ जोड़कर विनती की।

राहुल: "आंटी, मैं सिर्फ एक बार अंजलि से बात करना चाहता हूँ। उसके बाद मैं खुद ही चला जाऊँगा।"

उसकी आवाज़ में गिड़गिड़ाहट थी, लेकिन आँखों में अब भी एक उम्मीद बाकी थी। इतने में अंजलि के पिता भी बाहर आ गए। उन्होंने भी सख्त लहजे में राहुल को धमकाया और साफ कह दिया

कि अब इस घर में उसका कोई काम नहीं है।
पिता: "चेतावनी दे रहा हूँ, अगर वह दोबारा यहाँ दिखाई दिया, तो परिणाम ठीक नहीं होंगे!"

राहुल को समझ आ गया कि अब वहाँ रुकना हालात और बिगाड़ देगा। भारी मन और झुकी आँखों के साथ वह बिना कुछ बोले वहाँ से लौट गया।

राहुल के जाने के बाद अंजलि के परिवार वालों ने अंजलि का फोन छीन लिया ताकि उसका राहुल से कोई संपर्क न हो सके। अब पूरा घर एक जुट होकर अंजलि को राहुल के खिलाफ खड़ा करने में लग गया।

हर कोई अपनी-अपनी बात कह रहा था। हर बात में ज़हर भरा हुआ था। अंजलि की माँ ने कहा कि जब वे लोग राहुल के घर गए थे, तब राहुल ने अपनी माँ के खिलाफ एक शब्द तक नहीं बोला। उन्होंने अंजलि को समझाया कि राहुल सिर्फ उसके साथ समय बिता रहा था, उससे शादी करने का उसका कोई इरादा नहीं था। यह बात अंजलि के दिल में धीरे-धीरे खटकने लगी।

उसके पिता ने और भी गंभीर आरोप लगाए। उन्होंने कहा—

पिता: "जिस घर में हमारे साथ बदसलूकी हुई, जहाँ हमें धक्का देकर जाने पर मजबूर किया गया, क्या तुम उस घर के लड़के से शादी करना चाहती हो?"

अंजलि सब सुनती रही। वह कुछ बोलना चाहती थी, लेकिन चारों तरफ से आती बातों ने उसे चुप कर दिया। उसका मन उलझन से भर गया। उसे राहुल पर भरोसा था, लेकिन परिवार के शब्द बार-बार उसके दिमाग में गूंजने लगे। धीरे-धीरे उसका मन कमज़ोर

पड़ने लगा, जैसे किसी ने उसके भरोसे की नींव हिला दी हो।

सच तो यह था कि राहुल ने कभी ऐसा नहीं किया था, न ही उसके पापा को किसी ने धक्का दिया था। लेकिन पूरे परिवार ने मिलकर झूठ का ऐसा जाल बुना कि अंजलि का दिमाग चकराने लगा। उसे बार-बार एहसास कराया गया कि राहुल ने उसे धोखा दिया है और वह कभी उसके लिए स्टैंड नहीं लेगा। धीरे-धीरे, अंजलि के मन में राहुल के प्रति शक और नफरत के बीज बो दिए गए।

लाख कोशिशों के बाद भी अंजलि से उसकी एक भी बात नहीं हो पाई,

अगस्त का वह महीना जब उसने अंजलि को अंतिम बार देखा था। तब किसे पता था कि आने वाले दिनों में वही मुलाकात उसकी यादों का सहारा बन जाएगी, और वह अंजलि की एक झलक के लिए तरस जाएगा।

राहुल ने हर कोशिश कर ली थी। उसने फोन किया, संदेश भेजे, पुराने रास्तों पर गया जहाँ कभी दोनों साथ चले थे। वह उसी मोड़ पर खड़ा रहता जहाँ अंजलि अकसर उसका इंतज़ार किया करती थी। अंजलि की ओर से कोई जवाब नहीं आता था।

कभी-कभी वह सोचता — काश, अंजलि भी एक बार कोशिश करती। अगर वह भी एक कदम बढ़ाती, तो शायद आज ये दिन देखना नहीं पड़ता।

"जिस लड़की से प्यार करो, उसका न मिलना जिंदगी भर तकलीफ देता है। लेकिन तकलीफ सबसे ज्यादा तब होने लगती है, जब वह किसी और के हिस्से में जाने लगे।"

यह सोचकर उसका दिल और भी भारी हो जाता।

राहुल की बेचैनी कोई नहीं समझ सकता था। वह पहले जैसा हंसता-बोलता लड़का नहीं रहा था। अब वह चुप रहने लगा था। दोस्तों के बीच बैठकर भी खोया-खोया सा रहता।

रात को अकेले में उसकी आंखें भर आतीं। वह किसी से कुछ कह नहीं पाता था। बस चुपचाप अंजलि की यादों में डूबा रहता। हर छोटी-छोटी बात उसे याद आती

वह समझ नहीं पा रहा था कि वक्त को दोष दे या अपनी किस्मत को।

भाग 11

अंजलि की मम्मी-पापा ने उसके लिए लड़का देख लिया था। रिश्ता उन्हीं के दूर के रिश्तेदारों ने दिखाया था। लड़के का नाम वीर था। पहली मुलाकात पूर्णिया के पूरणदेवी मंदिर में तय हुई।

मंदिर की सीढ़ियों पर बैठा वीर जब अंजलि को देखता है, तो कुछ पल के लिए उसकी नज़रें वहीं ठहर जाती हैं। सादे कपड़ों में, शांत चेहरे के साथ अंजलि किसी मूर्ति से कम नहीं लग रही थी। वीर की उम्र बढ़ती जा रही थी और उसे कई जगह से रिजेक्शन मिल चुका था, ऐसे में अंजलि उसे पहली नज़र में ही पसंद आ गई।

अंजलि के घर वालों को भी यह रिश्ता सही लगा। उन्होंने दान-दहेज ज्यादा देने की बात रखी, ताकि कहीं से कोई रुकावट न आए। सब कुछ इतना जल्दी हुआ कि किसी को सोचने का मौका तक नहीं मिला। अंजलि चुप थी—न हाँ, न ना। शायद उसके मन में बहुत कुछ था, पर आवाज़ नहीं थी। और राहुल... उसे तो कुछ समझ ही नहीं आया।

करीब-करीब 10 दिन के अंदर सगाई तय हो गई। राहुल को यह खबर खुद अंजलि से नहीं, बल्कि उसके ही दोस्त से मिली।
दोस्तः "भाई... अंजलि की सगाई हो गई है!"

बस इतना सुनते ही राहुल के पैरों तले ज़मीन खिसक गई। उसे लगा जैसे किसी ने उसके सीने से साँस खींच ली हो। दिमाग सुन्न हो गया। आँखों के सामने अंजलि की हँसी, उसका भरोसा, साथ बिताए पल—सब एक-एक कर टूटने लगे।

राहुल (खुद से बुदबुदाते हुए): "ये कैसे हो सकता है...?"

राहुल उसी शाम अंजलि की नानी के घर पहुँच गया। सूरज ढल रहा था, आँगन में पीली रोशनी फैल रही थी। जैसे ही राहुल ने भीतर कदम रखा, वहाँ मौजूद लोग चौंक गए। किसी को उम्मीद नहीं थी कि वह यहाँ तक आ जाएगा। राहुल की आँखों में बहुत गुस्सा था। उसने सामने बैठे अंजलि के घरवालों की तरफ देखते हुए साफ़ शब्दों में कहा—

राहुल: "आप लोगों ने अंजलि की सगाई करके अच्छा नहीं किया। मैं अंजलि से प्यार करता हूँ। उसके सिवा किसी और से शादी नहीं कर सकता। आपने मेरी अंजलि को मेरे खिलाफ बहला-फुसलाकर तैयार किया है।"

अंजलि की मम्मी-पापा एक-दूसरे का मुँह देखने लगे। उनके चेहरे पर हैरानी साफ़ दिख रही थी—उन्हें समझ नहीं आ रहा था कि सगाई की बात राहुल तक पहुँची कैसे, जबकि उस दिन गिने-चुने लोग ही बुलाए गए थे।

राहुल ने आवाज़ थोड़ी ऊँची की—
राहुल: "मैंने ऐसी कौन-सी गलती कर दी, जो आप लोगों ने इतनी जल्दी सगाई तय कर दी?"
इतना कहकर राहुल वहीं ज़मीन पर बैठ गया।

राहुल: "जब तक मेरी अंजलि से मुलाकात नहीं होगी, मैं यहाँ से हिलने वाला नहीं हूँ।"
धीरे-धीरे गाँव के लोग जमा होने लगे। कोई दरवाज़े पर खड़ा हो गया, कोई चारपाई खींच लाया। फुसफुसाहटें शुरू हो गईं—

"ये लड़का कौन है?"
"सुना है आर्मी में है।"
"अरे, यही तो अंजलि से प्यार करता था।"
"घर वालों ने कहीं और रिश्ता तय कर दिया।"

कुछ लोग इसे तमाशा समझकर देख रहे थे, तो कुछ की आँखों में सहानुभूति थी। वहीं कुछ ऐसे भी थे जो इस शोर-शराबे का आनंद ले रहे थे। अंजलि के पिता ने स्थिति को संभालने की कोशिश की,
अंजलि के पिता: "देखो बेटा, अब सगाई हो चुकी है। दहेज के कुछ पैसे भी दे दिए गए हैं। समाज में हमारी इज्जत है, तुम समझो।"

यह सुनते ही राहुल तुरंत खड़ा हो गया।
राहुल: "Uncle,मैंने हज़ारों दफ़ा आपको यह समझाने की कोशिश की है कि मेरी नीयत में खोट नहीं है। आज फिर सबके सामने कह रहा हूँ— मैं आपकी बेटी को उतना ही प्यार करता हूँ, जितना आप खुद करते हैं। अगर आप उसे अपनी जान से बढ़कर मानते हैं, तो मैं भी उसे अपनी आत्मा मानता हूँ।"

वरुण (अंजलि का भाई): "ज्यादा बड़ी-बड़ी बातें मत कर, चुपचाप यहाँ से निकल जा।"
इसी गहमागहमी के बीच गाँव के मुखिया (सरपंच) को बुलाया गया। सरपंच आए, अपनी चारपाई पर बैठे l

सरपंच: "बात को शांति से सुलझाओ। झगड़ा करने से कुछ नहीं होगा।"

भीड़ में मौजूद कई लोग राहुल को समझाने और दबाने की कोशिश करने लगे।
"बेटा, जिद मत करो।"
"तुम फौज में हो, तुम्हें तो समझदार होना चाहिए।"

राहुलः "मैं फौज में हूँ,सरहद पर गोली सामने से आती है, तब भी हम पीछे नहीं हटते। यहाँ तो मेरी जिंदगी का सवाल है। अगर आज नहीं बोला, तो सारी उम्र खुद को माफ़ नहीं कर पाऊँगा।"

कुछ लोग तो बिल्कुल खामोश हो गए। उसी भीड़ में से अंजलि की नानी की आवाज़ सुनाई दी:

नानी: "लड़का झूठ नहीं बोल रहा... यह सच बोल रहा है!"
लेकिन नानी की इस आवाज़ को अंजलि के भाई वरुण ने तुरंत दबा दिया।

"बस एक बार अंजलि से मिलने दीजिए," राहुल ने कहा, "अगर वो खुद कह दे कि अब कुछ नहीं चाहती, तो मैं बिना हंगामा किए चला जाऊँगा।" पूरा गाँव देख रहा था। सिर्फ एक लड़का... उस शाम गाँव ने पहली बार देखा कि जब दिल सच्चा हो, तो एक अकेला फौजी भी पूरे गाँव के सामने डट सकता है।

गाँव वालों, मुखिया, रिश्तेदार—सबने अपनी-अपनी तरह से समझाने की कोशिश कर ली थी। कोई समाज का डर दिखा रहा था, कोई इज्ज़त का वास्ता दे रहा था। लेकिन राहुल किसी की नहीं सुन रहा था। उसकी एक ही जिद थी—"अंजलि से मिलना है।"

आखिरकार गाँव के मुखिया ने हालात बिगड़ते देख फोन उठा लिया। "थाना बुलाना पड़ेगा," उन्होंने भारी आवाज में कहा। कुछ

ही देर में सायरन की आवाज आई। पुलिस जीप गाँव की कच्ची सड़क पर धूल उड़ाती हुई रुकी। दो पुलिस वाले उतरे। लोगों की भीड़ अपने-आप रास्ता देने लगी। माहौल अचानक सख्त हो गया, लेकिन राहुल के चेहरे पर डर नहीं था।

पुलिस ने सबसे पहले राहुल से बात की। "क्या बात है, भाई?"

राहुल ने पूरी कहानी कह दी—शुरुआत से लेकर सगाई तक, अपने प्यार से लेकर टूटे भरोसे तक।
फिर अंजलि के घरवालों की बारी आई। उन्होंने एक बनावटी कहानी सुनाई— "ये लड़का जबरदस्ती पीछे पड़ा है।" "लड़की का कोई लेना-देना नहीं।" "हम तो इज्जत से शादी कर रहे हैं।"

पुलिस सब समझ रही थी। आँखें बहुत कुछ पढ़ लेती हैं, खासकर जब सामने झूठ खड़ा हो। एक पुलिस वाले ने राहुल को अलग ले जाकर धीरे से कहा— "देख भाई, तू फौजी है, समझदार है। अब लड़की बदल गई है। अगर तू ज्यादा करेगा तो हमें मजबूरी में तुझे थाने ले जाना पड़ेगा... जेल भी हो सकती है।"

राहुल ने सीधी नज़र से उनकी तरफ देखा और कहा:

राहुल: "मुझे जेल की धमकी मत दीजिए, साहब। मैं डरा नहीं हूँ। बस एक बार... सिर्फ एक बार... उसे सामने बुला दीजिए। मैं उसके मुँह से सुनना चाहता हूँ कि वह मुझसे प्यार नहीं करती।"

पुलिस ने एक शर्त रखी—अगर लड़की शादी के लिए तैयार हो गई तो राहुल को उसी वक़्त शादी करनी होगी, और अगर उसने मना कर दिया तो राहुल को थाने जाना पड़ेगा। राहुल ने बिना सोचे शर्त मान ली।

पुलिस के कहने पर अंजलि की माँ अंदर गई और कुछ देर बाद अंजलि बाहर लाई गई। बहुत दिनों बाद राहुल ने उसे देखा। अंजलि के हाथ में सगाई की अंगूठी चमक रही थी। वही चेहरा, वही कद—लेकिन आँखों में अब वो अपनापन नहीं था।

राहुल की आँखों से अपने आप आँसू बहने लगे। वह कुछ बोल पाता, उससे पहले ही सब बदल गया। अंजलि ने अचानक अपने पैरों से चप्पल निकाली और राहुल के गाल पर ज़ोर से मार दी। पूरा गाँव सन्न रह गया। कोई कुछ बोल नहीं पाया। अंजलि चिल्लाने लगी कि वह इस लड़के को जानती तक नहीं, कि राहुल जबरदस्ती उसके पीछे पड़ा है।

हर शब्द राहुल के दिल में किसी नुकीले हथियार की तरह चुभ रहा था। इतना ही नहीं, अंजलि ने दूसरा थप्पड़ भी जड़ दिया। वह चीखते हुए बोली:

अंजलि: "अगर राहुल दुनिया का आखिरी इंसान भी होगा, तब भी मैं उससे शादी नहीं करूँगी, बल्कि मरना पसंद करूँगी।"
उसने राहुल की कॉलर पकड़ ली और सबके सामने उसे अपमानित किया। राहुल खामोश खड़ा रहा—न कोई जवाब, न कोई सफ़ाई।

राहुल: "अंजलि, तुम्हारा अंतिम समय का व्यवहार मेरी पसंद पर दाग लगा रहा है।"
अंजलि: (राहुल को झकझोरते हुए) "राहुल, मुझे तुमसे इतनी घृणा है कि अगर आज भगवान भी तुम्हारा साथ देंगे तो मैं खुद को शैतान के चरणों में अर्पित कर दूँगी... पर तुमसे शादी इस जन्म में क्या, किसी भी जन्म में नहीं करना चाहूँगी!"

अंजलि की माँ (पुलिस से कहते हुए): "इसको थाने ले जाकर इतनी पिटाई कीजिए कि यह दोबारा अंजलि के बारे में सोचने की हिम्मत

भी न करे!"

राहुल (मन में कहा): "मैंने बद्दुआ सिर्फ इस वजह से नहीं दी, क्योंकि जिसकी वो बेटी है, उसे मैंने कभी 'माँ' कहा था।"

उस पल राहुल को सब समझ आ गया। उसे जो सुनना था, वह मिल चुका था। वह बिना कुछ कहे पलटा और सीधा पुलिस की गाड़ी में जाकर बैठ गया।

"मोहब्बत की गलती थी या किस्मत का फैसला, भीड़ के सामने आज वो तन्हा ही रह गया। जिसके लिए हर हद से गुजरने को तैयार था, उसी की खातिर आज बेइज्जत होकर बिखर गया।"

थाने में बैठा राहुल बस यही सोचता रहा—क्या यह वही अंजलि है जो एक पल के लिए भी उसे अपनी आँखों से ओझल नहीं होने देती थी? जिसकी पढ़ाई, कपड़े, स्कूटी और हर ज़रुरत का खर्च उसने उठाया था? आज उसी प्यार के बदले उसे थप्पड़ और इल्ज़ाम मिले थे!

कुछ देर बाद एक पुलिस वाला उसके पास आया। उसने राहुल के कंधे पर हाथ रखा और कहा कि वह जानता है राहुल सच बोल रहा है। उसने ऐसे कई मामले देखे हैं जहाँ हालात बदलते ही लोग बदल जाते हैं। उसने राहुल को बताया कि इतनी बेइज्जती सहकर भी जो इंसान प्यार करता है, वही सच्चा होता है।

रात के करीब 9 बज चुके थे। पुलिस ने राहुल को छोड़ दिया। राहुल बिना रुके, बिना पीछे देखे, भागता हुआ रेलवे स्टेशन पहुँचा और प्लेटफॉर्म संख्या 5 पर जाकर बैठ गया 1 वहाँ उसने घंटों समय बिताया।

दिसम्बर की वह कड़ाकड़ाती ठंड, जिसमें हड्डियाँ तक काँप जाएँ, राहुल के शरीर पर सिर्फ एक पतली सी शर्ट थी। लेकिन उसके सीने में लगी आग ने उसे ठंड का एहसास होने ही नहीं दिया। गाल पर अंजलि के उस तमाचे की गूँज अभी भी उसके कानों में थी। दुनिया कह रही थी कि अंजलि बदल गई है, लेकिन राहुल का दिल चिल्ला-चिल्ला कर कह रहा था— "नहीं, मेरी अंजलि ऐसा नहीं कर सकती।"

स्टेशन पर हल्की-हल्की भीड़ थी, राहुल बेंच पर बैठा हुआ था। वह धीरे-धीरे बेंच से खड़ा हुआ और आगे बढ़ने लगा।
जैसे ही वह कुछ कदम चला, अचानक पीछे से लड़कों के एक ग्रुप ने उसे जोर से धक्का मार दिया।

राहुल लड़खड़ा गया, फिर गुस्से में पलटकर बोला,
"दिखाई नहीं दे रहा क्या? धक्का मारकर जा रहे हो... और ऊपर से सॉरी भी नहीं बोल रहे!"

लड़कों का वह ग्रुप कुछ दूर जाकर रुक गया। उनमें से एक लड़का मुड़ा और तिरछी नज़र से राहुल को देखते हुए बोला,
"क्या कर लेगा? नहीं बोलते सॉरी... जो करना है कर ले!"
उनकी आवाज़ सुनते ही राहुल के दिमाग में पुरानी याद अचानक ताज़ा हो गई।

उसे याद आया—ये वही लड़के थे, जिन्होंने एक बार उसकी बाइक तोड़ दी थी। उस दिन वह अंजलि के साथ आईटीआई कॉलेज के पास जन्मदिन मना रहा था।

उस वक्त राहुल कुछ कर नहीं पाया था। लेकिन अपनी पापा की दी हुई बाइक टूटने का दर्द उसे अंदर ही अंदर खाता रहा था।
आज राहुल पहले से ही परेशान था... और सामने वही लोग खड़े

थे।
राहुल की आँखों में गुस्सा साफ दिखाई दे रहा था।

उसने धीरे से एक कदम पीछे लिया... और अपनी कमर से बेल्ट निकाल ली।
अगले ही पल उसने बिना सोचे-समझे उन लड़कों पर हमला कर दिया।

"आज पहचानोगे मुझे!" राहुल चिल्लाया।
बेल्ट हवा में घूमी और सीधे एक लड़के के कंधे पर पड़ी।
स्टेशन पर खड़े लोग अचानक रुक गए। देखते ही देखते वहाँ भीड़ जमा होने लगी। रात का समय था, आसपास कोई पुलिस भी नहीं थी।
राहुल गुस्से में चिल्लाता जा रहा था—

"पहचाना मुझे? एक बार मेरी बाइक तोड़ी थी तुम लोगों ने... आईटीआई कॉलेज के पास! जब मैं अपनी गर्लफ्रेंड के साथ बर्थडे मना रहा था!"
राहुल की आँखें लाल हो चुकी थीं। उसके चेहरे पर दर्द, गुस्सा और बदले की आग साफ दिख रही थी।

लड़कों ने जब राहुल का वह रूप देखा, तो वे घबरा गए।
उनमें से एक बोला,
"अरे भागो... ये पागल हो गया है!"
लेकिन राहुल ने उन्हें भागने का मौका नहीं दिया।
वह एक-एक को पकड़कर मारता रहा।
कुछ देर बाद लड़के डरकर हाथ जोड़ने लगे।
एक लड़का घबराकर बोला,
"भाई... गलती हो गई... छोड़ दो!"
राहुल ने गुस्से में कहा,

"अब बोलो... सॉरी नहीं बोलोगे?"
डर के मारे सब एक साथ बोले—
"सॉरी भाई... सॉरी!"
राहुल ने उन्हें आखिरी बार घूरते हुए कहा,
"आज के बाद किसी को बेवजह परेशान मत करना... समझे?"

लड़के बिना कुछ बोले वहाँ से भाग खड़े हुए।

भाग 12

"अगर अंजलि मुझसे प्यार नहीं करती, तो उसकी आँखें मुझे देखकर रो क्यों पड़ती हैं?"

यही सवाल उसे आखिरी मौके की तरफ ले गया। राहुल जानता था कि अगर अब भी चुप रहा, तो अंजलि हमेशा-हमेशा के लिए उससे छिन जाएगी। राहुल ने बहुत जद्दोजहद के बाद उस लड़के का घर ढूँढ निकाला जिससे अंजलि की शादी तय हुई थी – वीर।

वीर के घर पहुँचते ही उसे वहाँ का माहौल समझ आ गया। वहाँ वीर का भाई मिला, जो शराब के नशे में धुत था और जिसका लहजा बदतमीजी भरा था। राहुल को पहली बार डर लगा– "क्या अंजलि की शादी वाकई सही जगह हो रही है?"

राहुल ने अपनी और अंजलि की सात साल की यादें, उनकी शादी की तस्वीरें और अपनी वफादारी की पूरी कहानी उसके सामने रख दी।

वीर का भाई: "अरे भाई, ये तो साधारण तस्वीरें हैं। कुछ अश्लील फोटो या वीडियो दिखाओ, तब मानूँ कि तुम दोनों के बीच कुछ हुआ था!"

राहुल का खून खौल उठा, लेकिन उसने खुद को संभाला। वह अंजलि को हासिल करने आया था, उसकी इज्जत नीलाम करने नहीं। उसने साफ़ कह दिया, "मैं उससे प्यार करता हूँ, उसे बर्बाद करने नहीं आया।"

उसी वक्त वीर के भाई ने अंजलि की माँ को फ़ोन लगाया, तो वहां से सिर्फ नफरत मिली। अंजलि की माँ ने फ़ोन पर चीखते हुए कहा, "यह लड़का झूठ बोल रहा है। यह मेरी बेटी को बदनाम करना चाहता है। यह तस्वीरें फर्जी हैं।"

वीर के भाई ने आखिर में एक चुनौती दी— "फरवरी में शादी है। उससे पहले हिम्मत है तो भगा ले जा, लेकिन अगर वह इस घर की बहू बन गई, तो फिर कोई ड्रामा मत करना।"

वहां से राहुल सीधे वंदना के पास पहुँचा, जो अंजलि की सबसे करीबी सहेली थी।

वंदना: "एक पतली सी कमीज पहने ठंड में इतनी रात को तुम मेरे घर आ गए?" "क्या आदमी हो यार "
राहुल ने पूछा, "वंदना, क्या वह सच में मुझसे नफरत करती है? क्या वह सात साल एक झूठ थे?"

वंदना ने बताया, "राहुल, अंजलि आज भी तुमसे उतना ही प्यार करती है। उस दिन जब उसने तुम्हें थप्पड़ मारा और तुम जेल गए, उसके पीछे एक वजह थी। उसका भाई वरुण हाथ में जहर की शीशी लेकर खड़ा था। उसने कहा था कि अगर अंजलि ने पुलिस के सामने सच बोला या तुम्हारा साथ दिया, तो वह वहीं जहर खा लेगा। उसके पिता ने अपनी इज्जत की दुहाई देते हुए मरने की धमकी दी थी। वह मजबूर थी राहुल।"

"वह तुम्हें बचाना चाहती थी और अपने परिवार की लाशें नहीं देखना चाहती थी।" वंदना ने आगे कहा, "वह तुम्हारा नाम लेते ही रोने लगती है। उसकी आँखों में तुम्हारे लिए जो तड़प है, उसे मैं देख सकती हूँ।"

उसने वंदना से बस इतनी-सी गुज़ारिश की थी—“एक बार अंजलि से मेरी बात करवा दो।” वंदना ने फोन मिलाया, पर हर बार दूसरी तरफ से अंजलि का भाई ही फोन उठाता। दो-तीन कोशिशों के बाद वंदना ने असहाय होकर राहुल की ओर देखा।

राहुल ने फीकी मुस्कान के साथ कहा, “छोड़ो... रहने दो। गुड नाइट।”
और वह वहां से चल पड़ा।

रात गहरी हो चुकी थी, रास्ते में एक ढाबा दिखा तो वह बिना सोचे वहां जा बैठा। जिंदगी में दूसरी बार उसने शराब मंगाई। एक के बाद एक घूंट उसके गले से उतरते गए, और आंखें लाल होती गईं।

नशे की हालत में वह बाइक लेकर घर की ओर निकला। रास्ते में दो बार दुर्घटना होते-होते बचा। जैसे मौत भी आज उसे छूकर निकल गई हो। आगे एक सिगरेट की दुकान दिखी तो वह रुक गया। सिगरेट जलाकर वह सड़क किनारे बैठ गया। पास ही एक कुत्ता चुपचाप बैठा था। राहुल ज़मीन पर बैठकर उससे बातें करने लगा—
“क्या बताऊं, टॉमी... मुझे अंजलि के प्यार पर भरोसा है। उसने सबके सामने मुझे चप्पल से मारा, फिर भी मेरा प्यार इतना कमजोर नहीं कि एक झटके में उसे भूल जाऊं। मैं उसके पापा के पैर पकड़ा, हाथ जोड़े... गिड़गिड़ाया... पर किसी को मुझ पर तरस नहीं आया।”
लोग उसे देखकर हंस रहे थे। कोई उसे पागल कह रहा था, कोई

शराबी। पर राहुल को अब किसी की परवाह नहीं थी।
वह घर पहुंचा। दरवाजा खटखटाया। मां ने दरवाजा खोला और पूछा, “इतनी रात तक कहां था?”

राहुल ने कोई जवाब नहीं दिया। चुपचाप अपने कमरे में जाकर बिस्तर पर लेट गया।
सुबह मां की कड़वी आवाज़ से उसकी नींद खुली—
“आजकल शराब पीने लगा है? हमारे खानदान में आज तक किसी ने शराब नहीं पी, और तू ये सब कर रहा है!”
राहुल उठकर मां के पास बैठ गया।

“मम्मी... अंजलि की सगाई हो गई। आप ये शादी रुकवा दो। मैं अंजलि के बिना नहीं जी पाऊंगा... सच में नहीं जी पाऊंगा...”

वह बार-बार यही कहता रहा और फूट-फूट कर रोने लगा। उस दिन राहुल जितना रोया, शायद अपने पिता की मृत्यु पर भी इतना नहीं रोया था।

कभी दीवारों से सिर टकराता, तो कभी अपनी माँ से मिन्नतें करता। राहुल की माँ ने उसे सहारा देकर उठाया और बिस्तर पर बिठाया। उनकी आँखों में ममता तो थी, लेकिन साथ ही एक ऐसी कठोरता भी, जो सिर्फ ज़िंदगी के थपेड़े खाने के बाद आती है।

उन्होंने राहुल की आँखों में देखते हुए कहा, "राहुल, होश में आ बेटा। तू कह रहा है कि उसकी सगाई हो गई, तो क्या यह रातों-रात हुआ होगा? रिश्ता आया होगा, लड़का-लड़की ने एक दूसरे को देखा होगा, पसंद किया होगा, तब जाकर बात पक्की हुई होगी। अगर अंजलि को तुझसे ज़रा भी मोह होता, तो क्या वह तुझे एक बार भी नहीं बताती? उसने तुझे अंधेरे में रखा, इसका साफ़ मतलब है कि वह बदल चुकी है!"

माँ की बातें राहुल मानने को तैयार नहीं था। उसने कहा, "नहीं माँ, वह मजबूर होगी। आप बस एक बार उसके मम्मी-पापा से बात करो। आप कहो कि आपका बेटा उसके बिना मर रहा है। वे मान जाएँगे।"

लेकिन यहाँ मामला सिर्फ प्यार का नहीं था, मामला अहंकार का था। राहुल की माँ ने कहा, "मैं बात करूँ? और अगर उन्होंने मना कर दिया तो? क्या तूने सोचा है कि समाज में हमारी क्या इज़्ज़त रह जाएगी? लोग कहेंगे कि लड़के वाले इतने गिरे हुए हैं कि सगाई होने के बाद भी रिश्ता माँग रहे हैं। मैं अपनी और तेरे स्वर्गीय पिता की इज़्ज़त की नीलामी नहीं कर सकती। उस घर की दहलीज़ पर मैं सिर नहीं झुका सकती जहाँ हमारी कद्र नहीं।"

बात अब राहुल और अंजलि की नहीं रह गई थी, बल्कि दो परिवारों के सम्मान और अहंकार की बन चुकी थी। राहुल की माँ को अपना गौरव प्यारा था, और उधर अंजलि के परिवार को अपनी बात का पक्का होना। राहुल ने कहा, "ठीक है माँ। आप अपनी इज़्ज़त रखिए। लेकिन मेरी एक बात याद रखना, आज के बाद..."

"कभी मत कहना कि मैं शादी करूँ। तुम चाहे जितनी लड़कियाँ देख लो, अगर अंजलि ज़िंदगी में नहीं है, तो मेरी ज़िंदगी में कोई और लड़की कभी नहीं आएगी। मैं कुँवारा रह जाऊँगा, पर किसी और का हाथ नहीं थामूँगा। यह मेरा भी आखिरी फैसला है।"

माँ कुछ कहना चाहती थीं, पर राहुल के चेहरे पर जमी पत्थर जैसी खामोशी ने उन्हें चुप करा दिया।

दरवाज़े पर तेज़-तेज़ आवाज़ हो रही थी। शाम ढलने ही वाली थी। आसमान में हल्की लालिमा फैल चुकी थी और गाँव की गलियों में

सन्नाटा उतरने लगा था।

राहुल अपने कमरे में सो रहा था। अचानक शोर से उसकी नींद टूट गई। वह अभी उठ ही रहा था कि बाहर से किसी लड़के की आवाज़ सुनाई दी।
वह लड़का राहुल की माँ से कह रहा था –
"काकी, सोनापुर से कुछ लोग आए हैं... वो आपको और राहुल भैया को बुला रहे हैं।"
राहुल की माँ ने थोड़ी सख्ती से जवाब दिया –
"जो भी आया है, उसे यहीं मेरे घर भेज दो। जिसे जो बात करनी है, यहीं आकर करे। मैं किसी के घर नहीं जाऊँगी।"
इतने में राहुल भी बाहर आ गया। उसने उस लड़के से पूछा –
"कौन आया है?"
लड़का बोला –
"पता नहीं राहुल भैया... सोनापुर से कुछ लोग आए हैं।"
राहुल तुरंत समझ गया कि ये लोग अंजलि के घर वाले ही होंगे।
उसने फिर पूछा –
"कितने लोग हैं?"
लड़का बोला –
"लगभग सात–आठ लोग सोनापुर से आए हैं... और गाँव के भी दस–बारह लोग इकट्ठा हैं। शायद पंचायत बैठी है। उन्हीं लोगों ने मुझे आपको बुलाने भेजा है।"

राहुल बिना कुछ बोले कमरे में गया, जल्दी से टी-शर्ट पहनी, चप्पल डाली और उस लड़के के साथ चल पड़ा।
राहुल की माँ ने उसे रोकने की कोशिश की –
"मत जा बेटा... पता नहीं क्या तमाशा करेंगे।"
लेकिन राहुल रुकने वाला नहीं था।
उसने शांत स्वर में कहा –
"माँ, अगर गलती मैंने की है तो लोगों की बातें सुनने का हक़ भी

मुझे ही है।”

राहुल के साथ उसका छोटा भाई भी चल पड़ा।
जब राहुल वहाँ पहुँचा तो सच में पंचायत जैसी स्थिति थी। बहुत से लोग बैठे थे। लेकिन जैसे ही लोगों ने राहुल को आते देखा, उनमें से कुछ लोग चुपचाप उठकर अपने घरों की ओर खिसक गए।

वे जानते थे कि राहुल का गुस्सा बहुत तेज़ है। अगर उसका मूड बिगड़ गया तो वह किसी को भी नहीं छोड़ेगा।
जो लोग बचे थे, वे चुपचाप बैठे रहे।

तभी एक बुज़ुर्ग ने राहुल को पास बुलाया और नरम आवाज़ में कहा —
“बेटा राहुल... तुम अंजलि की शादी क्यों तुड़वाना चाहते हो? तुम उस लड़के वीर के घर जाकर क्यों बोले कि तुम अंजलि से प्यार करते हो? तुम्हें पता है इससे कितनी बदनामी होगी?”

वहाँ अंजलि के पिता, उसके नाना और चाचा भी बैठे थे।
राहुल ने सबको एक नज़र से देखा।
फिर वह शांत आवाज़ में बोला —

“मैं किसी की शादी तोड़ने नहीं गया था।
मैं अंजलि से प्यार करता हूँ... और अपने प्यार के लिए लड़ रहा हूँ।”
कुछ लोग आपस में फुसफुसाने लगे।

राहुल ने आगे कहा —
“अगर मुझे दुश्मनी निकालनी होती... तो मेरे पास बहुत तरीके हैं। लेकिन मेरा इरादा गलत नहीं है।

मैं सिर्फ़ इसलिए वीर के घर गया था कि सच बता दूँ। मुझे लगा सच जानकर वो लोग खुद ही शादी से मना कर देंगे... और फिर मैं अंजलि से शादी कर सकूँगा।"

पूरी पंचायत में बैठे लोग राहुल को समझाने लगे।
तभी अंजलि के नाना उठे। उनकी आँखों में लाचारी साफ दिखाई दे रही थी।
उन्होंने राहुल के हाथ पकड़ लिए और बोले –

"राहुल बेटा... मेरी इज़्ज़त की दुहाई है। हमें और बदनाम मत करो। नहीं तो हम लोग जीते जी मर जाएँगे।"
उनकी आवाज़ काँप रही थी।
राहुल कुछ पल के लिए चुप हो गया।
फिर उसने धीरे से कहा –
"नानाजी... आज आप लोग मेरी बदनामी करने के लिए मेरे ही गाँव में पंचायत बैठाए हैं। तब आपको नहीं लगा कि राहुल की भी अपने गाँव में इज़्ज़त है?" फिर उसने सीधा सवाल किया –
"और आपको तो पता है ना... कि पिछले सात साल से मैं और अंजलि एक-दूसरे से प्यार करते हैं।

फिर आप लोग उसकी शादी कहीं और क्यों करवा रहे हैं?"
अंजलि के नाना ने गहरी साँस ली और बोले –
"राहुल... उसकी सगाई हो चुकी है। समझने की कोशिश करो।"

राहुल हल्का सा मुस्कुराया, लेकिन उस मुस्कान में दर्द था।
"ये बात मैं बहुत बार सुन चुका हूँ। कल भी आपने यही कहा था... और मुझे पुलिस के हवाले कर दिया था।

उस वक्त आपको नहीं लगा कि राहुल कोई पराया नहीं है... आपका अपना है।"

इतने में अचानक अंजलि के पिता उठे।
उन्होंने अपने कंधे से गमछा उतारा और राहुल के पैरों की ओर बढ़ाने लगे।
उनकी आवाज़ भर्रा गई –
"बेटा... मेरी ज़िंदगी भर की कमाई हुई इज़्ज़त तुम्हारे पैरों में रख रहा हूँ।
हम लोगों को और परेशान मत करो।"
राहुल यह देखकर घबरा गया।

उसने तुरंत उनके हाथ पकड़ लिए और उन्हें उठाते हुए बोला –
"अंकल! ये आप क्या कर रहे हैं?
इसमें आपकी कोई गलती नहीं है... और आपको मेरे पैरों पर गिरने की कोई ज़रूरत नहीं है।

मैं भी इंसान हूँ... पत्थर नहीं।"
उस पल अंजलि के पिता और नाना की बेबसी उनके चेहरों पर साफ दिखाई दे रही थी।
पूरी पंचायत खामोश थी।
कुछ देर बाद राहुल ने गहरी साँस ली और सबकी तरफ देखकर कहा –
"ठीक है... आज के बाद राहुल किसी को परेशान नहीं करेगा।

जहाँ अंजलि की शादी करनी है... कर दीजिए।"
यह कहते हुए उसकी आवाज़ भारी हो गई।
फिर उसने अंजलि के पिता और नाना के सामने हाथ जोड़ दिए।

और बिना पीछे देखे वहाँ से चला गया।
सच तो यह था कि अगर राहुल चाहता... तो उन लोगों को पल भर में बदनाम कर सकता था।
उसके पास अंजलि के साथ बिताए हुए पलों का एक निजी वीडियो

भी था।

अगर वह उसे सबके सामने दिखा देता... तो शायद उस दिन अंजलि के घर वालों को समझ में आ जाता कि असली बर्बादी कैसी होती है।
लेकिन राहुल ऐसा नहीं कर सका।
क्योंकि अंजलि उसके जीवन का सबसे सच्चा प्यार थी।

वह अपने प्यार को बदनाम करके जीतना नहीं चाहता था।
अपनी परवरिश पर दाग़ न लगे... इसलिए वह चुप हो गया।
वरना उस दिन वह सबको एहसास करा सकता था कि
किसी की ज़िंदगी बर्बाद होना किसे कहते हैं।

राहुल की छुट्टियाँ खत्म हो चुकी थीं। उसे वापस अपनी ड्यूटी पर लौटना था। हाथ में सूटकेस लिए जब वह रेलवे स्टेशन पहुँचा, तो एक बार फिर प्लेटफॉर्म नंबर 5 की उसी बेंच के पास पहुँचा। ट्रेन आने में अभी वक्त था। राहुल उसी बेंच पर बैठ गया। उसके कानों में अंजलि की हंसी गूँज रही थी। और आज वही जगह कितनी वीरान और बेगानी लग रही थी!

ट्रेन की सीटी बजी। राहुल ट्रेन के अंदर जाकर खिड़की वाली सीट पर बैठ गया। जैसे ही ट्रेन ने रफ्तार पकड़ी, राहुल की नज़रें उसी बेंच पर जमी रहीं। उसे एक पल के लिए लगा कि शायद अंजलि भीड़ को चीरते हुए आएगी और उसे रोक लेगी। शायद वह कहेगी कि यह सब एक बुरा सपना था।

उसे उम्मीद की एक आखिरी किरण अपने बचपन के दोस्त अमन में नज़र आई। राहुल को लगा कि शायद एक दोस्त का खून दूसरे दोस्त के लिए खौलेगा। उसने अमन को फोन किया और बोला:

"अमन, भाई... तू तो अंजलि के घर वालों को जानता है। एक बार जाकर उनसे बात कर ले। उन्हें समझा कि हम एक-दूसरे के बिना नहीं रह सकते। तू बोलेगा तो शायद वे मान जाएँ।"

लेकिन अमन के जवाब ने राहुल के को तसली के देने के बजाये उसे और खामोश कर दिया। अमन ने कहा:

"देख राहुल, अब बात बहुत आगे निकल गई है। सगाई हो चुकी है। अगर अब मैं बीच में पड़ा और उसके घर वालों ने मेरी शिकायत मेरे घर पर कर दी, तो मेरी शामत आ जाएगी। मैं अपनी इज़्ज़त और घर की शांति दाँव पर नहीं लगा सकता।"

अमन की बात सुनकर राहुल, जिसे अपना भाई समझता था, वह आज समाज और डाँट के डर से पीछे हट गया था। राहुल ने हार नहीं मानी; उसने बार-बार फोन किया, दर्जनों मैसेज किए और सिर्फ एक विनती की—"भाई, आखिरी बार कोशिश कर ले।" लेकिन अमन, जो खुद को दोस्त कहता था, राहुल की तड़प समझने के बजाय उसके फोन कॉल्स से तंग आ गया और उसने एक पल भी नहीं सोचा और राहुल को ब्लॉक कर दिया। राहुल को अहसास हुआ कि दोस्त के दावे सिर्फ अच्छे वक्त के लिए होते हैं; आज उसके पास न माँ का साथ था, न दोस्त का सहारा।

समय का पहिया अपनी क्रूर गति से घूम रहा था। एक तरफ अंजलि के घर में खुशियों की शहनाइयाँ बजने की तैयारी हो रही थी, तो दूसरी तरफ राहुल की ज़िंदगी में मातम पसर चुका था। अंजलि की शादी में अब सिर्फ एक महीना बचा था; उसके घर में हलचल बढ़ गई थी—रंगीन कार्ड छप रहे थे, मोहल्ले में चर्चाएँ थीं और शादी के लिए टेंट और शामियाने बुक किए जा रहे थे।

लेकिन राहुल की दुनिया में इतना गहरा अंधेरा था कि चिराग भी

दम तोड़ दें। अपनी यूनिट में वापस आने के बाद उसने खुद को पूरी तरह तबाह करने की कसम खा ली थी। जो इंसान कभी अनुशासन की मिसाल हुआ करता था, आज वह शराब और सिगरेट के धुएँ में खुद को दफन कर रहा था। उसकी सुबह की शुरुआत अब चाय से नहीं, बल्कि शराब की कड़वाहट से होती थी। वह बिना पानी मिलाए शराब की बोतलें गटक जाता, जो मौत को दावत देने जैसा था। राहुल को अब अपनी ज़िंदगी से नफरत हो चुकी थी।

अक्सर वह टॉयलेट जाता और शराब के भारी नशे में वहीं फर्श पर गिरकर बेहोश हो जाता। घंटों वह उसी गंदगी और बेहोशी में पड़ा रहता। प्यार ने राहुल को सच में बर्बाद कर दिया था। फिल्मों में देवदास के किस्से सबने सुने थे, लेकिन राहुल की ज़िंदगी किसी फिल्मी ट्रेजेडी से भी कहीं ज़्यादा भयानक हो चली थी।

अब यूनिट में उसका व्यवहार पूरी तरह बदल चुका था। छोटी-छोटी बातों पर वह आगबबूला हो जाता। अपने सहकर्मियों और सीनियर्स से वह आए दिन झगड़ा करने लगा था। लोग उसे समझाने की कोशिश करते, पर उसकी लाल आँखें देखकर सब पीछे हट जाते। वह अक्सर नशे में चिल्लाता, "क्यों गई वो मुझे छोड़कर? क्या कमी थी मेरे प्यार में?"

एक शाम, जब मेस में काँच का गिलास उसके हाथों में था, अंजलि की याद का एक ऐसा दौरा पड़ा कि उसने पूरी ताकत से अपनी मुट्ठी भींच ली। काँच का गिलास चकनाचूर हो गया और शीशे के टुकड़े उसकी हथेलियों में धँस गए। खून बहने लगी, लेकिन राहुल के चेहरे पर दर्द की एक शिकन तक न थी। उसे जिस्मानी दर्द का अहसास ही नहीं हो रहा था, क्योंकि रूह का घाव कहीं ज्यादा गहरा था।

पागलपन की हद तो तब हो गई जब उसने अपनी कलाई पर ब्लेड

से अंजलि का नाम कुरेद दिया। वह अपने खून से अंजलि का नाम अपनी खाल पर उकेर कर यह साबित करना चाहता था कि भले ही वह किसी और की हो जाए; लेकिन राहुल के शरीर के कतरे-कतरे पर सिर्फ उसी का हक रहेगा।

"अंजलि, ज़िंदगी कट ही जाएगी कैसे भी, लेकिन ये अफसोस रहेगा कि तुम्हें पा ना सके...।"अंजलि की फोटो देखते हुए खुद से बातें करता।

वह शराब पीकर दीवारों से बातें करता, कभी हँसता तो कभी रोने लगता। बार-बार अपनी जेब से पर्स निकालता, अंजलि की पुरानी फोटो पर सिगरेट की राख झाड़ते हुए कहता– "देख अंजलि, तू एक हँसते-खेलते इंसान को ज़िन्दा लाश बना दिया है, तेरे प्यार में इतना पागल हुआ हूँ, काश तू भी एक बार ऐसा हुई होती।"

"प्यार की वह पहली हवा सुहानी होती है,
फिर बर्बाद पूरी जवानी कर देती है...
हर लड़का यूँ ही शराब नहीं पीता,
उसके पीछे भी वही प्यार की अधूरी कहानी होती है।"

भाग 13

बाज़ार की गहमागहमी, दुकानों की चमक-धमक और शादी की खरीदारी का शोर—अंजलि के लिए यह सब किसी सजा जैसा था। पायल, जो उसकी छोटी बहन थी, साये की तरह उसके साथ चल रही थी। पायल की नज़रें एक पल के लिए भी अंजलि से नहीं हटती थीं, उसे पता था कि अंजलि के दिल में क्या चल रहा है। उसे डर था कि कहीं उसकी बड़ी बहन प्यार की खातिर मर्यादा की लकीर न लाँघ जाए और...

राहुल के पास भाग निकले। जैसे ही वे लहंगों की एक बड़ी दुकान से बाहर निकलीं, भीड़ का फायदा उठाकर अंजलि ने तेजी से गली की ओर कदम बढ़ाए। लेकिन पायल की फुर्ती ने उसे नाकाम कर दिया। पायल ने मजबूती से अंजलि की कलाई पकड़ ली और उसे एक कोने में खींच ले गई।

अंजलि: "पायल, प्लीज मुझे जाने दो! अगर आज मैं नहीं गई, तो राहुल को हमेशा के लिए खो दूँगी। मेरा दम घुट रहा है इस दिखावे की शादी से। मैं उसके बिना नहीं जी सकती, पायल। क्या तुम्हें मेरी खुशी प्यारी नहीं है?"

पायल: "अंजलि, तू सिर्फ अपनी खुशी देख रही है, लेकिन उन

मम्मी-पापा का क्या जो घर पर तेरी डोली उठने का इंतज़ार कर रहे हैं? शादी की सारी तैयारियाँ हो चुकी हैं, कार्ड बंट चुके हैं, मेहमान आने लगे हैं। अगर आज तू भाग गई, तो माँ-पापा इस समाज में किसी को मुँह दिखाने लायक नहीं रहेंगे।"

पायल ने आगे कहा:
पायल: "सोच, जिस पिता ने अपनी पूरी जिंदगी तेरी हर जिद पूरी की, क्या तू उन्हें आत्महत्या करने पर मजबूर कर देगी? क्या राहुल का प्यार उन रिश्तों से बड़ा है जिन्होंने तुझे पाल-पोसकर बड़ा किया? मर्यादा टूटेगी तो सिर्फ घर नहीं, माँ-बाप का आत्मसम्मान भी टूट जाएगा।"

पायल ने उसे गले लगा लिया और कहा:
पायल: "प्यार सिर्फ पाने का नाम नहीं है अंजलि, कभी-कभी अपनों की खातिर अपनी खुशियाँ कुर्बान करना ही सबसे बड़ा प्यार होता है।"

राहुल की ड्यूटी 16 नंबर पोस्ट पर लगी थी। यह इलाका सेना की सख्त निगरानी में था और चारों तरफ ऊँची-ऊँची फेंसिंग की गई थी। राहुल वहीं अपनी पोस्ट पर रहता था। उसके साथ छह और संतरी तैनात थे और एक सीनियर गार्ड कमांडर पूरी पोस्ट की जिम्मेदारी संभाल रहा था। राहुल का काम बहुत सीधा लेकिन जिम्मेदारी वाला था— उसे वाटर सप्लाई की एक कैनाल (नहर) के गेट को समय पर खोलना और बंद करना होता था; इसके अलावा, वह कभी-कभी पोस्ट के चारों ओर गश्त लगाता था।

उसी पोस्ट पर उसका दोस्त आशीष भी था। राहुल के मन में क्या चल रहा था, यह बात सिर्फ आशीष को पता थी। राहुल को खबर मिली थी कि कल अंजलि की हल्दी की रस्म होने वाली है। यह सुनकर राहुल बेचैन हो उठा। उसने कैनाल के चार चक्कर काटे

और सीधा आशीष के पास पहुँचा।

राहुल: "बता आशीष, अब मैं क्या करूँ? यह मेरे लिए अंतिम मौका है। क्या मैं यहाँ से ड्यूटी छोड़कर भाग जाऊँ?"

आशीष ने अपने दोस्त की हालत देखी और उसका साथ देने का फैसला किया। आशीष ने भरोसा दिलाया कि वह भागने में उसकी पूरी मदद करेगा।

योजना के मुताबिक, राहुल ने अपनी राइफल आशीष के हवाले कर दी।
राहुल: "तू बस दिन में एक बार वाटर सप्लाई खोल देना, बाकी कोई यहाँ ड्यूटी चेक करने नहीं आता।"

रात के करीब 1 बज रहे थे। चारों तरफ सन्नाटा था और तेज बारिश हो रही थी। बारिश की वजह से विज़िबिलिटी कम थी, जिसका फायदा उठाकर राहुल और आशीष चुपके से फेंसिंग के नज़दीक पहुँचे। वहाँ दूसरी यूनिट वाले भी अपनी ड्यूटी दे रहे थे। राहुल ने अपनी वर्दी उतारकर सिविल ड्रेस पहन ली थी। सबकी नज़रें बचाते हुए वह कँटीली फेंसिंग की ओर बढ़ा। लोहे के तीखे काँटे राहुल के शरीर में एक-दो जगह चुभ भी गए, दर्द हुआ और खून भी निकला, पर उसने परवाह नहीं की। उसने रेंगते हुए सफलतापूर्वक फेंसिंग क्रॉस कर ली। बाहर निकलते ही उसने आशीष को "थैंक्स" बोला और सीधा अंधेरे में गायब हो गया।

राहुल वहां से भागकर सीधा एयरपोर्ट की तरफ गया। उसने रास्ते में ही सुबह की फ्लाइट बुक की। वह बागडोगरा पहुँचा और वहाँ से ट्रेन पकड़कर सीधा सोनापुर के लिए निकल पडा। जब वह सोनापुर पहुँचा, तो रात के करीब 8 बज रहे थे। गाँव में अंजलि की शादी के गीत और संगीत की आवाज़ें गूँज रही थीं। पूरा माहौल जश्न का

था, लेकिन राहुल के लिए यह 'करो या मरो' की स्थिति थी।

राहुल छिपते-छिपाते अंजलि के घर पहुँचा। उसने सोचा कि वह चुपके से अंजलि से मिलेगा, इसलिए वह सावधानी से घर की छत पर चढ़ गया। राहुल दबे पांव, साये की तरह अंजलि के कमरे के पास पहुँचा। उसने हल्के से दरवाजा खटखटाया।

अंजलि: (भीतर से) "कौन है?"

राहुल खामोश रहा। उसने दोबारा दस्तक दी। झुंझलाकर अंजलि ने जैसे ही दरवाजा खोला, राहुल ने बिजली की फुर्ती से उसका मुँह दबाया और उसे कमरे के अंदर ढकेल दिया।
राहुल: (हांफते हुए) "चुप! बस कुछ देर शांत बैठो। मैं कुछ बात करके चला जाऊंगा, प्लीज।"

कमरे में अंजलि की छोटी बहन पायल भी थी। पायल जैसे ही चिल्लाने को हुई, राहुल ने पास की मेज से चाकू उठाया और अंजलि की गर्दन पर टिका दिया।

राहुल: "पायल! अगर एक भी आवाज निकाली तो इसका गला काट दूंगा। चुपचाप मुंह फेर कर बैठ जाओ!"

डर के मारे पायल एक कोने में दुबक गई। राहुल ने अंजलि की आंखों में देखते हुए कहा, "अंजलि, सब छोड़ो और मेरे साथ अभी भाग चलो। मैं अपनी ड्यूटी, अपना करियर, सब दांव पर लगाकर आया हूं।"

अंजलि: "पागल हो गए हो राहुल? कल बारात आने वाली है। मेरे मां-बाप का क्या होगा? वे समाज में किसी को मुंह दिखाने लायक नहीं रहेंगे, जीते-जी मर जाएंगे।"

राहुल: "और मेरा क्या? क्या तुम चाहती हो कि मैं तुम्हारे बिना मर जाऊं?"
अंजलि: "मुझे कुछ समझ नहीं आ रहा, मैं क्या करूं..."
राहुल: "समझने को बचा ही क्या है? आज नहीं भागीं तो इस जन्म में फिर कभी मुलाक़ात नहीं होगी।"

अंजलि:"मुझे भूल जाओ राहुल! मैं नहीं भाग सकती। परिवार की इज्जत की खातिर मुझे यह कुर्बानी देनी ही होगी।"
राहुल: "तो क्या तुमने मेरे साथ बिताए वो 7 साल सिर्फ बर्बाद किए थे?"

अंजलि: "ऐसा नहीं है! मैं आज भी तुमसे प्यार करती हूं, पर अपनों की लाश पर पैर रखकर तुम्हारे साथ नहीं जा सकती। शायद हमारा साथ
यहीं तक था। अगले जन्म में मैं तुम्हारी पत्नी बनकर आऊंगी।"

राहुल:"मैं अगले जन्म को नहीं मानता! 84 लाख योनियों के बाद यह इंसानी शरीर मिला है, किसे पता अगले जन्म में तुम क्या होगी और मैं क्या? मुझे इसी जन्म में तुम्हें अपनी पत्नी बनाना है। और वैसे भी, हम मंदिर में शादी कर ही चुके थे, याद है?"

अंजलि: "मैं उस छिपकर की गई शादी को नहीं मानती। अकेले में दो लोगों के फेरे लेना शादी नहीं होती।"
राहुल: "साफ-साफ कहो न अंजलि, कि तुम बदल गई हो! तुम्हें अंदाजा भी है कि तुम्हारे लिए मैं कितना भागा हूं? अपनी जिंदगी तबाह कर ली
मैंने।"

अंजलि का सब्र टूट गया। उसे लगा कि राहुल अब काबू से बाहर

हो रहा है। उसने अपनी पूरी ताकत बटोरी और जोर से चिल्लाई– "बचाओ! भाई! कोई बचाओ!"

तभी दरवाजे पर जोरदार धमक हुई। अंजलि का भाई वरुण अपने कुछ साथियों के साथ बाहर खड़ा था।

वरुण: (बाहर से दरवाजा पीटते हुए) "अंजलि! दरवाजा खोल! कौन है अंदर? राहुल, अगर तू अंदर है तो जिंदा बाहर नहीं जाएगा! दरवाजा खोल वरना तोड़ देंगे!" अंजलि का भाई वरुण बहुत चालाक था। उसे पहले से ही शक था कि राहुल शादी में जरूर आएगा और कुछ न कुछ हंगामा करेगा। इसलिए वरुण ने पहले से ही कुछ गुंडे बुला रखे थे और उन्हें सतर्क कर दिया था। ....वरुण ने मौका पाकर राहुल को पीछे से दबोच लिया। राहुल को संभलने का मौका ही नहीं मिला। तभी एक लड़के ने पीछे से आकर राहुल के सिर पर बोरी ओढ़ा दी। वरुण और उसके गुंडों ने उसे बेरहमी से घसीटा और ले जाकर सीधे कार की डिक्की में डाल दिया। राहुल अब पूरी तरह उनके कब्जे में था, और उसे पता भी नहीं चला कि उसकी योजना इतनी बुरी तरह कैसे फेल हो गई।

सुनसान सड़क पर कार की रफ़्तार बढ़ती जा रही थी। अंदर राहुल बोरी में बंद था, उसका दम घुट रहा था। कार एक वीरान इलाके में रुकी। जैसे ही वरुण के गुंडों ने बोरी खोली, राहुल बाहर निकला। उसने खुद को पाँच दरिंदों के बीच घिरा पाया। सामने वरुण खड़ा था, अंजलि का भाई। राहुल ने हाथ जोड़ लिए,

राहुल: "वरुण... रुक जाओ! तुम जानते हो मैं अंजलि से कितना प्यार करता हूँ। हम साथ खुश रहेंगे, यकीन मानो।"

वरुण: "जो लड़का सात साल तक मेरी बहन को प्यार देने के बजाय सिर्फ रुलाता रहा, जिसने उसे एक पल भी चैन से नहीं रहने दिया,

आज वही हाथ जोड़कर उसके लिए भीख मांग रहा है। और अब जब उसकी शादी होने वाली है, तो फिर से उसकी ज़िंदगी तबाह करने आ गया है।"

राहुल: "वरुण, तुझे मेरे सात साल का प्यार नहीं दिखा? कि मैं अंजलि से कितना प्यार करता था? बस तुझे यही दिखा कि मैं उसे रुलाता रहा। अरे, वो दिन भी याद कर जब अंजलि की पढ़ाई से लेकर उसके इलाज तक का सारा खर्च मैं उठाता था।"

वरुण: "प्यार ऐसे नहीं होता, राहुल। आज जब तेरे पास अंजलि नहीं है, तो तुझे कितना दर्द हो रहा है, समझ रहा है न? वैसे ही अंजलि को भी दर्द होता था, जब तू उसे फोन नहीं करता था, जब उसे गालियां देता था। वो भी रोती थी।"

राहुल: "कौन से अच्छे लड़के से तुम लोग अंजलि की शादी करा रहे हो? वो जो शराब पीने वाला है? कोई अच्छा लड़का होता तो एक पल के लिए समझ आता।"

वरुण:"लड़का जैसा भी है, पर तेरी तरह उसे रुलाएगा नहीं।"

वरुण ने इशारा किया और उन पांचों ने राहुल पर हमला कर दिया। लात-घूंसों की बरसात होने लगी। राहुल ज़मीन पर गिरता, फिर उठता, फिर गुहार लगाता। पर दया वहां कहीं नहीं थी।

अब पानी सिर से ऊपर चला गया और राहुल को लगा कि ये लोग उसकी बात नहीं सुनेंगे, तो उसके अंदर का स्वाभिमान जाग उठा। उसने चीखकर एक को पटकनी दी और दूसरे के जबड़े पर ज़ोरदार मुक्का जड़ा। अकेला राहुल पांचों पर भारी पड़ने लगा। उसकी हिम्मत देख कर वरुण के पसीने छूटने लगे।

तभी, एक कायरतापूर्ण हरकत हुई। जब राहुल दो लोगों को धूल चटा रहा था, पीछे से एक ने पिस्तौल निकाली। 'ठांय!' की आवाज़ सन्नाटे को चीर गई। गोली सीधे राहुल के कंधे के पार हो गई। दर्द की एक लहर उसके शरीर में दौड़ी और वह घुटनों के बल गिर पड़ा। अभी वह संभल पाता, कि दूसरे ने चाकू निकाली और पूरी ताकत से राहुल की पीठ में घोंप दी।

वरुण हक्का-बक्का रह गया। उसने चिल्लाकर कहा:
वरुण: "ये क्या किया तुमने? मैंने सिर्फ उसे डराने और चोट पहुँचाने को कहा था! इसे जान से नहीं मारना था!"

वरुण जानता था कि अगर अंजलि को पता चला कि राहुल की मौत का ज़िम्मेदार उसका भाई है, तो वह जीते जी मर जाएगी। वह कभी किसी और से शादी नहीं करेगी। डर के मारे वरुण के हाथ-पांव फूलने लगे।

उसने इधर-उधर देखा। पास ही रेलवे की पटरियां चमक रही थीं। उसने सोचा कि इसे एक हादसा बना दिया जाए। उन लोगों ने लहूलुहान राहुल को घसीटा और ले जाकर रेल की पटरी पर लेटा दिया। आसमान से हल्की-हल्की बूंदें गिरने लगी थीं, जैसे कुदरत भी राहुल के नसीब पर रो रही हो। वे लोग उसे वहां छोड़कर भाग गए। राहुल बेहोश था, उसका खून बारिश के पानी के साथ मिलकर पटरियों के बीच बह रहा था।

बारिश की बूंदों की छन-छन आवाज़ और पूरा शांत माहौल। पास के स्टेशन से हल्की-हल्की लाउडस्पीकर की गूँज राहुल के कान तक सुनाई दे रही थी:
"कृपया ध्यान दें, ट्रेन संख्या .... प्लेटफार्म संख्या पांच (5) पर आ रही है..."

जहाँ सात साल पहले पहली बार राहुल ने अंजलि से मुलाकात की थी, वहीं से प्यार की नींव पड़ी थी। और किस्मत देखिए आज वही प्लेटफार्म संख्या 5 उसके अंत का गवाह बनने जा रहा था। दूर से ट्रेन की हेडलाइट की रोशनी पटरियों पर पड़ने लगी थी। लोहे की पटरियों में एक कंपकंपी महसूस हो रही थी। राहुल की बंद आँखों के सामने अंजलि का मुस्कुराता चेहरा आ रहा था।

"क्या यह कुदरत का आखिरी करिश्मा था? क्या जिस जगह से प्यार शुरू हुआ, वहीं खत्म होना तय था? या फिर यह बारिश और वो पुरानी यादें राहुल को एक बार फिर उठ खड़ा होने की ताकत देंगी?"

ट्रेन कटिहार रेलवे स्टेशन के प्लेटफॉर्म संख्या 5 पर पहुँच जाती है। आदिति, टीना और राहुल तीनों ट्रेन से उतरते हैं। राहुल इशारा करके उन्हें बताता है, “वही बेंच है, जहाँ अंजलि और मैं घंटों बैठा करते थे।”

इसके बाद राहुल अपने घर की ओर निकल जाता है। टीना और आदिति उसी बेंच पर जाकर बैठ जाती हैं और अंजलि को महसूस करने लगती हैं।

अंतिम संदेश

राहुल और अंजलि की कहानी भले ही खत्म हो गई, लेकिन उनकी मोहब्बत एक एहसास बनकर हमेशा जिंदा रही। कुछ रिश्ते साथ चलने के लिए नहीं बनते, बल्कि हमें मजबूत बनाने के लिए आते हैं।

अंजलि राहुल की जिंदगी का वह अध्याय बनी, जिसे वह भूल नहीं सका। उसने राहुल को सिखाया कि इश्क इंसान को कमजोर नहीं, बल्कि गहरा बनाता है। दर्द देता है, लेकिन उसी दर्द से इंसान खुद को पहचानता है।

राहुल ने आखिरकार समझ लिया कि जिंदगी रुकती नहीं। अधूरी मोहब्बत भी एक खूबसूरत याद बन सकती है, अगर उसे शिकायत की जगह शुक्रिया के साथ याद किया जाए।

शायद अगर उस दिन वह पलटकर न देखता, तो उसकी जिंदगी आसान होती। लेकिन फिर उसके पास यह कहानी भी न होती।
कुछ किस्से अधूरे अच्छे लगते हैं - क्योंकि अधूरापन ही उन्हें अमर बना देता है।

www.ingramcontent.com/pod-product-compliance
Lightning Source LLC
LaVergne TN
LVHW100311210926
848480LV00003B/1087